Ian Mark

Monsterjagen für Fortgeschrittene

Ian Mark ist Autor und angehender Monsterjäger. Er lebt mit seiner Familie und zwei Katzen in Nordirland. Ian überlegt oft, ob das beste Buch, das je geschrieben wurde, von Virgina Woolf stammt oder von Enid Blyton. Sein eigenes Werk, so glaubt er, liegt irgendwo zwischen diesen beiden Polen.

Louis Ghibault ist ein Illustrator und Animator aus Belgien. Wenn er nicht gerade Kunst macht, sammelt er Bücher und botanische Drucke oder studiert Astronomie, Botanik, Geschichte, Zoologie und natürlich MONSTEROLOGIE.

Maren Illinger hat in Frankfurt und Bordeaux Literaturwissenschaften studiert und in verschiedenen Verlagen gearbeitet. Seit 2007 übersetzt sie Bücher aus dem Englischen und Französischen und hat monstermäßig viel Spaß dabei.

Ian Mark

MONSTERJAGEN

FÜR FORTGESCHRITTENE

Aus dem Englischen
von Maren Illinger

Mit Illustrationen
von Louis Ghibault

dtv

Deutsche Erstausgabe
Text © 2023 Ian Mark
Illustrationen © Louis Ghibault
Titel der englischen Originalausgabe:
›Monster Hunting – Monsters Bite Back‹, 2023 erschienen
bei Farshore, an imprint of HarperCollins*Publishers*,
1 London Bridge Street, London SE1 9GF
© für die deutschsprachige Ausgabe:
2024 dtv Verlagsgesellschaft mbH & Co. KG, München
Translated under licence from HarperCollins*Publishers* Ltd.
Das Werk ist urheberrechtlich geschützt.
Jede Verwertung ist nur mit Zustimmung des Verlages zulässig.
Das gilt insbesondere für Vervielfältigungen, Übersetzungen und
die Einspeicherung und Verarbeitung in elektronischen Systemen.
Umschlaggestaltung und -illustrationen: Louis Ghibault
Gesetzt aus der Palatino
Satz: Gaby Michel, Hamburg
Druck und Bindung: GGP Media GmbH, Pößneck
Printed in Germany · ISBN 978-3-423-76495-7

Gute
Frage

Ich werde oft gefragt: »Jack, welche Monster sind
die furchterregendsten, denen du je begegnet bist?«

Die Leute nennen mich Jack, weil das mein
Name ist und es albern wäre, mich anders zu nennen.

Und sie fragen mich nach Monstern, weil ich ein
Monsterjäger bin.

Lacht nicht!

Man muss nicht groß und stark sein, um Monster zu jagen. Wenn dem so wäre, würde ich es nicht
tun. Monsterjäger gibt es in allen Formen und Grö-
ßen.

Das weiß ich, seit mich ein kleiner Mann (mit
einem großen Bart) namens Stoop zu seinem Lehrling gemacht hat, nachdem ich irgendwie … ver-

sehentlich … ich weiß immer noch nicht genau,
wie … einen Oger im Nahkampf besiegt hatte. Das
alles wird in meinem ersten Abenteuer beschrieben, das ihr wahrscheinlich zuerst lesen solltet,
um Verwirrung zu vermeiden.

Aber unbedingt nötig ist es nicht. Diese Geschichte SOLLTE auch so verständlich sein, obwohl
ich das nicht mit Sicherheit sagen kann, weil ich
sie noch nicht zu Ende geschrieben habe. Genau
genommen habe ich gerade erst angefangen.*

Seitdem habe ich mich, obwohl ich kleiner bin
als die meisten und nach wie vor erst zehn, mit vielen Monstern herumgeschlagen, von Berggeistern,
Bigfoots und Bösewichten bis hin zu Brechhälsen,
Kuddelmuddlern, Bullbeißern, Butzemännern und
Bu-Hus.**

Und das sind nur die, die mit B beginnen. (Abgesehen von den Kuddelmuddlern. Die müssen sich
auf die Liste geschlichen haben, als ich gerade nicht
aufgepasst habe.)

Sie alle finden sich in einem magischen Buch mit

* Das habt ihr vielleicht schon bemerkt.
** Bu-Hus heißen so, weil sie immerzu heulen.

dem Titel *Monsterjagen für Anfänger*, das ich an meinem ersten Tag als Monsterjägerlehrling bekommen habe. Da ich kein Anfänger mehr bin, lautet der Titel meines Buches jetzt *Monsterjagen für Fortgeschrittene*.

Jedes Mal, wenn irgendwo ein neues Monster auftaucht, braucht der Monsterjäger, der es entdeckt hat, nur die Einzelheiten in seine Ausgabe des Buchs zu schreiben, und sofort erscheint der neue Eintrag in jedem anderen Monsterjägerbuch auf der Welt.

Hier der Eintrag über Kuddelmuddler:

Kuddelmuddler

Kuddelmuddler produzieren Kuddelmuddel, und genau deshalb wurden sie so genannt. Hätte man Yaks nach derselben Methode benannt, so hießen sie Gewaltige Kackhaufen. Natürlich können Yaks nichts dafür, dass sie in den Bergen leben, aber das ist kein großer Trost, wenn man mit seinen nagelneuen Wanderschuhen in einen ihrer Misthaufen getreten ist. Kuddelmuddler sehen übrigens aus wie

Yaks. Oder zumindest so, wie Yaks aussehen würden, wenn sie Riesenstachelschweinen glichen. Am liebsten rollen sie sich zu einem Ball zusammen und kullern über ihre Feinde hinweg, bis die so viele Löcher haben, dass sie auslaufen. Man kann sie nur besiegen, indem man auf jeden ihrer spitzen Stacheln einen Korken steckt, was allerdings ewig dauert. Schneller und erfolgversprechender ist es, einfach WEGZURENNEN, wenn sie auf Krawall gebürstet sind. (Also immer.) Ich an eurer Stelle würde genau das tun.

Sehr spitze
Stacheln

Ihr seht, *Monsterjagen für Fortgeschrittene* ist nicht immer wahnsinnig hilfreich.

Aber welche Monster die furchterregendsten sind?

Das ist leicht.

Diese hier.

Kleine Monster

Ich kann es euch nicht verdenken, dass ihr verwirrt seid.

Das sind eindeutig keine Monster.

Es sind Kinder.

Kinder werden offiziell nicht als Monster klassifiziert, aber, glaubt mir, unter **gewissen Umständen** können sie ziemlich beängstigend sein.

Deshalb haben auch sie einen Eintrag in *Monsterjagen für Fortgeschrittene*.

Kinder

Kinder haben vieles mit Monstern gemeinsam. Sie sind LAUT. Sie sind unberechenbar. Sie können auch SEHR gefährlich sein, vor allem wenn viele von ihnen zusammen sind. Monsterjägern wird daher geraten, Gebiete zu meiden, in denen sich zu viele Kinder aufhalten, und stattdessen sicherere Orte aufzusuchen, z. B. schlangenreiche Urwälder. Vorsicht ist besser als Nachsicht.

Es kam mir so vor, als hätte ich die Seite an diesem Morgen schon hundertmal betrachtet, und jedes Mal war der Text auf dem Umschlag ein anderer.

Auch das war eine der magischen Eigenschaften des Buchs. Der Titel änderte sich ständig, je nachdem, wer es in der Hand hielt und wie derjenige sich gerade fühlte.

Im Moment hieß es *Monsterjagen für Jungs, die sich am liebsten in Luft auflösen würden.*

Grund dafür war, dass es mein erster Tag in der neuen Schule war und ich immer schrecklich schüchtern bin, wenn ich neue Leute kennenlerne. Lieber würde ich mich einem Monster stellen!

Ich stand am Schultor, schaute durch die Gitterstäbe auf die vielen Kinder, die auf dem Schulhof herumtollten, und mein Magen begann sich zu drehen.

Ich war nicht nur verschreckt.

Ich war nicht nur verängstigt.

Ich war **VERSCHRÄNGSTIGT**.

»Keine Sorge«, sagte Nancy.

Nancy ist meine beste Freundin. Und meine einzige Freundin in meinem Alter.*

Ich habe sie kennengelernt, als ich zum ersten Mal nach Königsruh kam. Sie hat mir geholfen, eine ganze Monsterarmee zu besiegen, die von Tante Brunhilda angeführt wurde.**

Jetzt sahen wir uns jeden Tag und erlebten viele Abenteuer zusammen.

»Die Kinder hier sind nicht anders als du und

* *Stoop ist auch mein Freund, aber er ist 200 Jahre alt.*
** *Sie war nicht wirklich meine Tante, aber das ist eine andere Geschichte. Und zwar buchstäblich.*

ich«, sagte Nancy, während die Minuten unaufhaltsam dem **schicksalhaften Moment** entgegentickten, in dem ich durch das Tor gehen musste. »Okay, ein bisschen anders schon, weil sie keine Monster jagen, aber du weißt schon, wie ich es meine.«

Sie drückte beruhigend meine Hand.

Leider ist sich Nancy ihrer eigenen Stärke nicht bewusst, und so musste ich ein bisschen stöhnen.

Das Geräusch wurde von der Glocke übertönt, die den Beginn des Schultages einläutete. Ich war im Begriff, mich auf meine **schrecklichste Mission aller Zeiten** zu begeben.

Ich holte tief Luft … und ging rein.

Schulmusik

Nancy hatte recht.* Es war wirklich nicht so schlimm, auch wenn die anderen Kinder mich ansahen, als wäre ich ein Film und als fragten sie sich, wann er anfangen würde und ob es sich lohnte, ihn bis zu Ende zu schauen.

Die Lehrerin stellte mich vor.

»Sagt Hallo zu Jack«, befahl sie.

»Hallo, Jack!«, riefen alle.

Miss Higgins bat mich, ein paar Worte über mich zu sagen, damit die anderen Kinder mich kennenlernen konnten.

---

* *Das hat sie etwa neun von zehn Malen, was zu erwähnen sie mich gebeten hat.*

Ich erzählte ihnen, dass meine Mutter tot war und dass ich mit meinem Dad hierher nach Königsruh gezogen war.

Davon, dass meine Eltern früher Monsterjäger waren und dass ich jetzt auch einer war, sagte ich nichts. In meiner alten Schule haben mich die Kinder gehänselt, weil ich an Monster glaubte.

Zum Glück lachten diese Kinder nicht über mich. Sie waren vollauf damit beschäftigt, über Angela zu lachen – aber auf nette Art –, die jedes Mal, wenn sie pupste, den Klang einer Posaune nachahmte.

Und das tat sie sehr oft.*

Miss Higgins fand das gar nicht lustig und sagte immer wieder: »Angela, muss das sein?« und »Du solltest wirklich zum Arzt gehen, das hört sich nicht gesund an!«

Schon komisch, dass ich kurz vor Beginn der Sommerferien alle hier vor einer Oger-Invasion gerettet hatte.

---

* *Wenn ihr nicht wisst, wie eine Posaune klingt: so, wie Angelas Pupse.*

Keiner von ihnen erinnerte sich daran, denn so ist das eben mit Monstern. Manchmal ist es besser, sie zu vergessen.

»Ich habe dir doch gesagt, dass es keinen Grund gibt, Angst zu haben«, sagte Nancy, als wir beim Mittagessen saßen. »In dieser Schule passiert niemals irgendetwas Ungewöhnliches.«

Aber da hatte sie unrecht. Das kommt nicht oft vor,* weshalb ich mich so gut daran erinnern kann.

---

* *Wie gesagt, nur eins von zehn Malen.*

Nicht jetzt, Arthur

Meine erste Schulwoche neigte sich dem Ende zu, und wir waren alle draußen und spielten Schlagball.

Ich war nicht besonders ehrgeizig beim Thema Ballspielen. Warum auch? Niemand ist je gestorben, weil er ein schlechter Ballspieler war. (Abgesehen von dem Jungen auf der Isle of Wight letztes Jahr, und jeder weiß, dass es seine eigene Schuld war, weil er Tennis ohne Ball spielte.)*

Wir wurden in Mannschaften aufgeteilt, und Miss Higgins warf eine Münze um festzulegen, welches Team zuerst schlagen durfte.

* *Dafür mit einer Handgranate.*

Nancys Team gewann.

Ich wurde weit draußen auf dem Feld aufgestellt.

Das kam mir entgegen. So weit kam der Ball fast nie. Ich konnte in aller Ruhe darüber nachdenken, welches Monster ich wohl als nächstes treffen würde. Es gab ja so viele, die ich noch nie gesehen hatte …

Der Klang einer Posaune verkündete den Spielbeginn.

(»Angela, könntest du das bitte lassen?!«)

Nach einer Weile fiel mir auf, dass am Spielfeldrand ein Pinguin mit einem Brief im Schnabel stand und mich anstarrte.

Doll anstarrte.

Das mag in England erstaunlich wirken, sogar in Cornwall, wo Königsruh lag.*

Aber ich war an Pinguine gewöhnt.

Die Internationale Monster-

* *Und auch immer noch liegt, soweit ich weiß.*

17

BÄNG

jägerliga nutzt Pinguine, um Hilfegesuche zu-zustellen, wenn ein neues Monster dingfest gemacht werden muss. Es ist zugegebenermaßen nicht das effizienteste System, weil Pinguine nicht fliegen können. Und auch nicht Auto fahren, weil es schwer ist, mit Flossen ein Lenkrad zu halten, und ihre Füße nicht an die Pedale kommen.

»Nicht jetzt, Arthur!«, zischte ich, da ich den Pinguin sofort erkannte. »Du weißt doch, dass ich nur Monster jagen kann, wenn gerade keine Schule ist.«

Arthur starrte weiter.

Noch doller.

Auf der anderen Seite des Spielfelds war Nancy an der Reihe, den Ball zu schlagen.

Sie machte sich bereit, schwang den Arm und knüppelte ordentlich drauf.*

Der Ball sauste in meine Richtung.

Ich blickte hoch und blinzelte in die Sonne.

---

* *Auf den Ball, versteht sich, nicht auf den Arm.*

»Fang!«, schrie Angela und verlieh der Aufforderung mit einem extralauten Posaunenstoß Nachdruck.

Ich versuchte, mich zu konzentrieren, aber Arthur watschelte mit seinem Brief mitten aufs Spielfeld.

Der Ball war fast da.

Ich öffnete die Hände. Wenn ich den Ball fing, wäre ich ein Held. Ich hätte für mein Team einen Punkt herausgeholt.

Der Ball kam näher.

Und näher.

Im letzten Moment faltete der Pinguin seinen Brief zum Papierflieger und warf ihn in meine Richtung. Aus dem Augenwinkel sah ich ihn heransegeln.

Und *in* meinem Augenwinkel landete er auch.

»Autsch!«

Ich schlug die Hände vors Gesicht, der Ball schlug gegen meinen Kopf und …

»Noch mal autsch!«

… donnerte auf den Boden, zusammen mit meiner Brille.

Meine Teamkollegen stöhnten enttäuscht.

Als ich endlich meine Brille gefunden und wieder aufgesetzt hatte, war Arthur schon längst unterwegs zu seiner nächsten Mission.

Ich hob den Brief auf und stopfte ihn in die Tasche. Dabei fragte ich mich, was so dringend sein konnte, dass die Internationale Monsterjägerliga das Risiko einging, **ungewollte Aufmerksamkeit** zu erregen, indem sie einen Pinguin in die Schule schickte.

Ekel-
Eintopf

»Du hättest ruhig etwas weniger fest schlagen können«, sagte ich zu Nancy, als wir nach der Schule
nach Hause gingen.

»Sorry«, sagte sie. »Wollte ich eigentlich auch,
aber dann konnte ich nicht widerstehen. Ich sah
den Ball auf mich zukommen und verspürte den
unkontrollierbaren Drang, so richtig drauf-
zubrettern.« Sie ahmte die Bewegung nach. »Hast
du gehört, wie alle gejubelt haben?«

»Nein, ich war zu sehr damit beschäftigt, mir
einen Papierflieger aus dem Auge zu ziehen«,
erinnerte ich sie. »Hat irgendwer den Pinguin
bemerkt?«

»Sie dachten, es wäre ein Hund.«

»Hunde haben doch keine Flügel.«

21

»Manche schon«, behauptete sie.* »Aber ist ja auch egal. Ich will sehen, was in dem Brief steht.«

Eifrig riss ich den Umschlag auf und zog die Nachricht heraus. Da stand:

> Lubber hier! Lubber dort!
> Lubber sind an jedem Ort!
> Komm schnell, Jack, und schaff sie weg –
> sonst ist es zu spät, und zu spät ist die
> schlechteste Zeit, um irgendetwas
> wegzuschaffen, vor allem Lubber.
> Hochachtungsvoll
> die Schwestern des Perpetuellen Elends

»Perpetuell heißt, dass es nie aufhört«, erklärte Nancy.

»Ich weiß!«, sagte ich.**

»Diese Lubber klingen ernst«, fuhr sie fort, und

---

* *Vermutlich dachte sie dabei an die berühmten fliegenden Pudel aus Panama. Glaubt mir, unter so einem möchte man nicht stehen, wenn er gerade Durchfall hat.*
** *Das war gelogen.*

ihre Stimme überschlug sich vor Aufregung bei der Aussicht auf ein neues Abenteuer. »Wo wohnen diese Immerwährenden Elendsschwestern?«

Ich drehte den Brief um. Auf der Rückseite stand eine Adresse.

Kloster Muckel in
Muckel
Oberster Zipfel von Schottland
Großbritannien
Planet Erde
Sonnensystem
Milchstraße
Weltraum
Universum usw.
(Wir wissen leider nicht, was nach
Universum kommt.)

»Schnell, Nancy«, sagte ich. »Lass uns Stoop holen und dann machen wir uns sofort auf den Weg.«

Wir rannten zu dem kleinen Haus am Rande von

Königsruh, wo Dad und ich jetzt wohnten, warfen unsere Schultaschen auf den Flur und galoppierten in die Küche.

Oh, nein.

Dad trug seine Schürze.

Das konnte nur eins bedeuten:

Er kochte.

Zu behaupten, dass Dad kein guter Koch war, wäre die **größte Untertreibung aller Zeiten**. Er kochte das Essen nicht, er verkohlte es bis zur Unkenntlichkeit. Kaum setzte ich einen Fuß in die Küche, begann meine Nase zu zucken, als wollte sie aus meinem Gesicht springen und davonlaufen, weil es so furchtbar stank.

»Jack, Nancy, was meint ihr?«, fragte Dad fröhlich und griff nach einem Löffel, damit wir die schwarze, schlammige Pampe probieren konnten, die auf dem Herd blubberte.

»Dad, wir haben keine Zeit –«

Bevor ich ausreden konnte, schob er mir den Löffel in den Mund.

»Köstlich!«, log ich und unterdrückte ein Würgen.*

»Möchtest du auch probieren, Nancy?«, fragte Dad.

»Das würde ich überaus gern«, sagte Nancy.** »Aber wir müssen dringend mit Stoop reden. Wo ist er?«

»Im Gartenschuppen, wie immer«, sagte Dad. »Da fällt mir ein – ich muss dem Eintopf noch eine Extra-Zutat hinzufügen. Ihr wisst doch, wie sehr er Kohl liebt.«

»Lecker«, sagte ich mit einem Gefühl des Grauens und machte mich schleunigst auf den Weg in den Garten, bevor Dad mich auffordern konnte, einen weiteren Löffel zu kosten.

* *Schwarz und schlammig sollte ein Eintopf niemals sein.*
** *Stimmt nicht.*

Pillepalle

Der Gartenschuppen stand hinten im Garten, wo
Gartenschuppen üblicherweise stehen.

Die Vorbesitzer des Hauses, die ganz normale
Menschen waren, hatten darin ihre Spaten, Harken
und Flaschen mit Unkrautvernichtungsmittel ge-
lagert.

Stoop hatte das alles sofort rausgeschmissen und
war selbst eingezogen.

»Du kannst eins von den Zimmern im ersten Stock
haben«, hatten wir ihm angeboten, aber Stoop hatte
abgelehnt. Er behauptete, die Aufgabe eines Mons-

terjägers sei es nicht, in **Luxus zu schwelgen,**
sondern allzeit bereit für Abenteuer zu sein, und
das wäre mit einem gemütlichen Bett unmöglich.*

Ich klopfte an die Tür.

»Schiebt ab!«, bellte eine vertraute Stimme.

Das sagte er immer. Er meinte es nicht so. Ich
machte die Tür auf und trat ein.

Stoop saß im Schneidersitz auf dem Boden und

---

* *Das sehe ich anders. Mein Bett ist sehr kuschelig und ich*
freue mich immer darauf, wenn ich nach einem anstrengenden
Monsterjägertagewerk nach Hause komme.

wärmte sich die Hände an dem Feuer, das er immerzu in einer alten Bratpfanne brennen ließ, weil
er Kälte nicht ausstehen konnte.

Wie gewöhnlich trug er seinen Lederkittel und
seinen Blechhelm. Ich hatte ihn nie etwas anderes
tragen sehen, außer einmal – ein einziges Mal –, als
er seine Monsterjägerkluft in die Reinigung geschickt und den Tag im Schlafanzug verbracht hatte.

»Da seid ihr ja«, sagte er mürrisch.* »Wo habt ihr
die ganze Woche gesteckt?«

»In der Schule«, erwiderte ich.

»Ihr hattet die **ganze Woche** Schule?«, fragte
Stoop fassungslos.

»Ja, so läuft das. Und die Woche davor auch. Wir
haben schon Millionen Schulwochen hinter uns.«

»Schule, Schule, Schule!«, sagte Stoop kopfschüt-
telnd. »Was soll das nützen? Da war ich nicht mehr,
seit ich fünf war. Ich bin einen Tag hingegangen
und zu dem Schluss gekommen, dass das nichts für
mich ist.«

»Machen Sie uns keine Vorwürfe«, sagte Nancy.

---

* So klang er immer.

28

»Wir führen deswegen auch nicht gerade einen Freudentanz auf.«

Aber Stoop hörte ihr nicht zu.

»Was ist mit deinem Auge?«, fragte er mich.

»Arthur hat mich mit einem Brief beworfen«, erklärte ich, froh, dass wir zur Sache kamen. »Hier, schauen Sie mal.«

»Warum soll ich mir dein Auge anschauen? Das habe ich oft genug gesehen. Es ist genau da, wo es hingehört, neben dem anderen.«

»Ich meinte den Brief.«

»Warum sagst du das nicht gleich?«

Stoop stand auf, schnappte sich den Brief und hielt ihn sich zum Lesen unter die Nase. Es dauerte nicht sehr lange. Die gesamte Nachricht bestand ja nur aus vierzig einfachen Wörtern, wenn man die alberne Adresse auf der Rückseite wegließ.*

Doch als er eben diese Adresse auf der Rückseite betrachtete, weiteten sich seine Augen kurz vor Schreck, bevor er sich fasste und mir die Nachricht mit einem Grunzen zurückgab.

---

* Genauso viele Wörter übrigens wie in diesem Absatz.

»Schwestern des Perpetuellen Elends, pah!«, schnaubte er. »Nie davon gehört. Glaubt mir, da hat sich jemand einen Scherz erlaubt. Und lustig ist er auch nicht, genau wie dieser blöde Scherz, wie der Hund eines Magiers heißt.* Lubber sind nicht gefährlich. Lies nach, dann siehst du es.«

Ich schaute in meinem Monsterjäger-Buch unter L wie Lubber.

Lubber

Mönchstonsur

kleine Hörner

kleiner Schwanz

kleine Hufe

Mönchskutte

* *Die Antwort lautet Labrakadabrador.*

Das sind Lubber. Wirken nicht sonderlich beängstigend, oder? Sind sie auch nicht. Aber in alten Klöstern können sie eine ziemliche Plage werden, indem sie nachts ausschwärmen und die Speisekammer plündern.

Sie sehen wie kleine Mönche aus, nur mit Hufen und spitzen Ohren. Ihre Anwesenheit macht sich zunächst durch Hufabdrücke in der Butter bemerkbar. Was besser ist als Elefantenfußabdrücke in der Butter, die bekanntlich darauf hindeuten, dass sich ein Elefant im Kühlschrank versteckt.

Es gibt noch eine andere Möglichkeit, sie zu entdecken: Sieht man mitten in der Nacht einen großen Schwarm kleiner, mönchsähnlicher Kreaturen mit Mini-Hufen und spitzen Ohren durch ein altes Kloster flitzen, nennen wir das in der Branche ein untrügliches Zeichen.

Das klang tatsächlich nicht sehr besorgniserregend.

»Ist es auch nicht«, sagte Stoop. »Als ich ein kleiner Junge war, wohnten Lubber in unserer Nähe.

Die haben ganz schön wilde Partys gefeiert. Ständig mussten die Nachbarn vorbeikommen und sie bitten, die Musik leiser zu stellen und keine unanständigen Lieder zu grölen. Aber wirklichen Schaden haben sie nie angerichtet. Lubber sind lediglich eine Plage. Wie Flöhe. Ihr würdet doch auch keinen Monsterjäger rufen, wenn euer Hund Flöhe hat, oder?«

»Vermutlich nicht«, sagte ich.

»Eben. Ihr würdet zum Tierarzt gehen und ein Flohpulver besorgen. Wer auch immer diese unsinnige Nachricht geschickt hat, sollte einfach ein paar Fallen aufstellen und die Lubber vor die Tür setzen. So wie alle anderen auch. Es ist ganz einfach. Babyleicht. Pillepalle, könnte man sagen.«

»Darum geht es nicht«, sagte ich entschieden. »Ich wurde um Hilfe gebeten. Das können wir nicht einfach ignorieren.«

»Ich schon«, sagte Stoop, setzte sich wieder und verschränkte störrisch die Arme. »Sieh mal, wie gut ich es kann. Siehst du, wie ich es ignoriere? Ich ignoriere es voll und ganz. Ich habe noch nie etwas so sehr ignoriert. Ich könnte es die ganze Nacht lang ignorieren.«

Ich wandte mich hilfesuchend an Nancy, aber die starrte den Brief an.

»Sie können die Nachricht nicht ignorieren, Stoop«, sagte sie. »Mir ist gerade ein Nachsatz am Ende aufgefallen. Er muss mit unsichtbarer Tinte geschrieben worden sein, und die Hitze des Feuers hat sie sichtbar gemacht. Hier steht etwas von einer alten Prophezeiung, die besagt …« – sie kniff die Augen zusammen – »sollten die Schwestern des Perpetuellen Elends je gezwungen werden, Kloster Muckel zu verlassen, so bedeutet dies DAS ENDE DER WELT, WIE WIR SIE KENNEN!«

Ehren-
sache

»Steht das da wirklich?«, fragte ich verblüfft.

»Nein, natürlich nicht«, blaffte Stoop. »Wie sollen ein paar Lubber das Ende der Welt, wie wir sie kennen, herbeiführen?«

»Sie sagen es falsch«, bemerkte Nancy. »Es ist **DAS ENDE DER WELT, WIE WIR SIE KENNEN.**«

»Ist mir schnurz. Das denkst du dir doch nur aus.«

»Tu ich nicht! Hier steht es, schwarz auf weiß. Sehen Sie doch selbst!«

Nancy hielt Stoop den Brief unter die Nase, aber irgendwie rutschte er ihr aus der Hand und landete im Feuer, wo er verbrutzelte wie Speck, der zu lange in der Pfanne gelegen hat.*

---

* *Unserem Speck passiert das immer, dank Dad.*

Stoop versuchte, die letzten Fetzen zu retten, bevor sie vollständig verbrannten, aber er versengte sich nur die Finger.

»Ups«, sagte Nancy.

»Das hast du mit Absicht gemacht!«, sagte Stoop.

»Nein, habe ich nicht. Wie auch immer, das ändert alles. Wenn auch nur die geringste Chance besteht, dass die Welt untergeht, wenn wir **NICHTS** tun, dann müssen wir ja wohl **IRGENDETWAS** tun.«

Sie hatte recht. Mal wieder. So stand es im Monsterjäger-Ehrenkodex.

Die Hauptaufgabe eines Monsterjägers ist es, Menschen vor allen Gefahren zu schützen, die von Monstern ausgehen. Das ist nicht leicht, weil sich die Leute aus Dummheit immer wieder selbst in Gefahr begeben, aber der, den das stört, sollte sich einen netten, sicheren, einfachen Job suchen, zum Beispiel Trapezkünstler oder Bigfoot-Wrestler oder Mixer von atomaren Milchshakes.

Stoop wusste, wann er besiegt war.

Kein Monsterjäger, der etwas auf sich hielt, würde sich von seinen Gefühlen daran hindern lassen, einem verzweifelten Hilferuf nachzukommen.

»HILFE!«

Ja, um genau so einen verzweifelten Hilferuf handelte es sich.

Nein, halt, das war Dad. Es gab keine Zeit zu verlieren, und ich verlor sie auch nicht.

Ich schoss zurück zum Haus, bereit, alles Nötige zu tun, um ihn zu retten.

Glibber und Lebwohl

Als ich in die Küche stürzte, sah ich Dad wild mit dem Eintopf ringen. Der blubberte wie verrückt auf dem Herd, als würde er gleich explodieren.

Und dann explodierte er wirklich.

Mit einem gewaltigen Donnerschlag flog der Deckel ab und der Eintopf spritzte überallhin und bedeckte die Wände mit schwarzem Glibber.

»Irgendetwas muss mit dem Kohl nicht in Ordnung gewesen sein«, seufzte Dad.

»Ein schlechter Koch gibt immer dem Kohl die Schuld«, brummelte Stoop, der einen Moment später in die Küche kam. »Keine Sorge, wir kriegen

schon etwas zu essen, wenn wir unser Ziel erreicht haben.«

»Wohin geht die Reise?«, fragte Dad. Wie immer, wenn ich zu einer Mission aufbrach, tat er sein Bestes, sich seine Sorge nicht anmerken zu lassen.

»Wir reisen nach Schottland, um eine Lubber-Invasion zu bekämpfen«, sagte ich.

»Aber Lubber sind nicht gefährlich«, antwortete Dad. »Sie sind so ähnlich wie –«

»Flöhe, ich weiß! Hat Stoop schon gesagt. Aber ich muss trotzdem hin. Die Schwestern des Pertep … Perpep … äh, des Immerwährenden Elends brauchen unsere Hilfe.«

»Du wirst es am besten wissen, Jack«, sagte Dad.

Schnell rannte ich in mein Zimmer und zog mein spezielles Monsterjäger-Outfit an, um mich auf das bevorstehende Abenteuer vorzubereiten.

Blechhelm … Lederkittel … Gürtel.

Und zu guter Letzt meine Siebenmeilenstiefel. Sie waren das Beste, was ich bekommen hatte, seit ich Monsterjäger geworden war – abgesehen von *Monsterjagen für Fortgeschrittene*, versteht sich.

Sie hießen Siebenmeilenstiefel, denn so weit konnte man damit mit einem Schritt laufen.*

Nancy hatte kein eigenes Paar Siebenmeilenstiefel, weil sie noch keine offizielle Monsterjägerin war. Sie fand das unfair und ich auch, aber Stoop sagte, dass es die Regel aus einem bestimmten Grund gebe, auch wenn er sich in diesem Fall nicht erinnern konnte, was der Grund war.

Immer wenn wir auf Monsterjagd gingen, lieh sich Nancy deshalb Dads alte Siebenmeilenstiefel aus. Sie waren viel zu groß für ihre Füße, sodass sie mindestens vier Paar dicke Wollsocken tragen musste, damit sie ihr passten, und aufgrund ihres Alters waren sie auch etwas langsam.

Sie waren jetzt eher Dreieinhalbmeilenstiefel.**

Aber sie erfüllten ihren Zweck, und das war das Wichtigste.

»Alle bereit?«, fragte ich und ließ *Monsterjagen für Fortgeschrittene* in meine Tasche gleiten.

»Ich bin bereit, wenn du es bist.«

»Dann los!«

---

* Eine Meile entspricht 1,609344 Kilometern, also könnte man auch 11,265408-Kilometer-Stiefel dazu sagen, aber das ist nicht so griffig.
** Oder 5,632704-Kilometer-Stiefel, wenn ihr darauf besteht.

Junge trifft Wand

Als ich das erste Mal versuchte, in Siebenmeilenstiefeln zu laufen, landete ich kopfüber in einem
Baum.

Jetzt hatte ich den Dreh raus und konnte mich so
mühelos damit fortbewegen, als wollte ich mir
beim Imbiss um die Ecke ein Würstchen im Schlafrock holen.

Mit einem Schritt waren wir aus Königsruh heraus.

Mit fünf Schritten hatten wir Cornwall hinter
uns gelassen und hüpften von Grafschaft zu Grafschaft, als würden wir einen Fluss auf Trittsteinen
überqueren.

Ich habe mich immer über die erstaunten Gesichter der Leute gefreut, wenn wir mit hoher Geschwindigkeit an ihnen vorbeidüsten.

Sie wussten nicht, dass sie drei Monsterjäger sahen, die auf dem Weg zu einem neuen Auftrag waren. Sie wussten gar nicht, **WAS** sie da sahen. Das Schwierigste ist, tieffliegende Flugzeuge zu meiden, denn das Letzte, was die Leute wollen, wenn sie hoch oben in einer Metallröhre in den Urlaub fliegen, ist jemand, der mit Höchstgeschwindigkeit an ihrem Fenster vorbeirauscht. Und ich könnte mir vorstellen, dass **DREI** Jemande noch beunruhigender sind.

Bald war ganz England unter uns dahingerollt und die schottische Grenze kam in Sicht.

Das war seltsam. Grenzen sind normalerweise unsichtbar. Sie existieren nur als Linien auf einer Landkarte, die markieren, wo ein Land endet und ein anderes beginnt.

Diese Grenze war anders.

Sie war eher wie eine … Wand? Eine feste,

schimmernde silbergraue Wand.

Der Anblick gefiel mir ganz und gar nicht, aber es war zu spät, um zu verlangsamen.*

»Pass auf!«, schrie Nancy und wich zur Seite.

Ich wäre gerne voll auf die Bremse getreten, aber Siebenmeilenstiefel haben leider keine.

* *Vielleicht habe ich den Dreh mit den Siebenmeilenstiefeln doch noch nicht ganz raus.*

Keinen blassen Schimmer

Der Aufprall tat sehr viel weniger weh, als ich erwartet hatte. Wenn ich recht überlege, tat er überhaupt nicht weh. Ich sank einfach nur in **die Wand, die keine war,** als würde ich in eine große Schüssel Haferschleim sinken.*

Es roch auch ein bisschen nach Haferschleim, aber es war keiner. Haferschleim hängt nicht wie Nebel in der Luft. NEBEL hängt wie Nebel in der Luft und es war auch Nebel. Die kalten Schwaden hielten mich fest und ich wurde immer langsamer, bis ich mich gar nicht mehr vorwärtsbewegte, aber ich stürzte nicht ab. Der Nebel war so dicht, dass ich in der Luft schwebte.

»Stoop! Nancy! Wo seid ihr?«, rief ich. Ich konnte sie nicht mehr sehen.

---

* *Das ist mir wirklich mal passiert, aber ich habe jetzt leider keine Zeit, ins Detail zu gehen, wie diejenigen, die die Geschichte weitergelesen haben, anstatt sich von dieser Fußnote ablenken zu lassen, bereits festgestellt haben.*

»Hier drüben«, ertönte die schwache, ferne Antwort von Stoop.

»Das ist keine große Hilfe«, sagte ich, denn ich konnte nicht erkennen, ob seine Stimme von links oder von rechts oder von oben oder von unten kam.

»Bleib, wo du bist, ich komme zu dir rüber. Ich glaube, ich kann deine Umrisse erkennen … oh, nein, das bist du nicht. Es ist ein Albatros. Ich bitte vielmals um Verzeihung, Madame.«

Plötzlich hörte ich Stoop japsen.

»Bleibt, wo ihr seid, und macht keine plötzlichen Bewegungen«, befahl er, und ich merkte, dass **irgendetwas nicht stimmte.**

»Was ist denn? Das ist doch nur Nebel, oder?«

»Nein, ist es nicht. Wir sind in eine Schar Nebelwichte geraten«, antwortete Stoop.

»Was sind Nebelwichte?«

»Wie oft muss ich es dir noch sagen?«, schnauzte Stoop. »Wenn du etwas nicht weißt, schau ins Buch!«

Ich tastete in meiner Tasche nach *Monsterjagen für Fortgeschrittene* und lehnte mich auf einem matschigen – wenn nicht gar klebrigen – Nebelbrocken zurück, um zu lesen.

Leider konnte ich nichts sehen, weil der Nebel meine Brille benebelt hatte.

Folgendes hätte dort gestanden, wenn ich es hätte lesen können:

Nebelwichte

mit großem Ventilator sichtbar machen

Stab mit Stacheln

Schweinsrüssel

lange Ohren

Nebel, der von ihrer Haut dampft

Wenn du sie danach fragst, werden deine Lehrer dir sagen, dass Nebel aus komprimierter Luft besteht. Das ist ein weiterer Grund, warum du nie einem Erwachsenen glauben solltest, denn sie sind entsetzliche Lügner. Fairerweise muss man sagen, dass Nebel meistens aus komprimierter Luft be-

steht, aber ab und an stammt er auch von Nebelwichten. Der Nebel dampft von ihrer Haut, so wie
ein schmelzender Eiswürfel dampft, weshalb sie
so schwer zu sehen sind. Mit einem sehr großen
Ventilator oder noch besser einer Windmaschine
kann man sie vertreiben. Puste einfach grob in ihre
Richtung. Wenn du in einem Nebelfeld feststeckst,
solltest du keine plötzlichen Bewegungen machen,
denn Nebelwichte sind bekanntermaßen sehr
schreckhaft.

Ich steckte das Buch in die Tasche zurück und
fragte mich, was ich jetzt tun sollte, als in der Ferne
ein lauter Schrei ertönte.

»Stoop, waren Sie das?«

»JaaaaaaaaaaaaAAAAAaaaaaaaack!«,
schrie er, nahm plötzlich Fahrt auf und schoss an
mir vorbei, während sich seine Stimme in der Ferne
verlor wie bei einem vorbeisausenden Auto.

»Wo sind Sie?«, rief ich.

Keine Antwort.

Plötzlich bekam ich Angst und ich zog mein
Schwert.

Wumms-
Peng!

Zwei Dinge sollten an dieser Stelle hervorgehoben werden. Erstens, es war kein richtiges Schwert.

Monsterjägerlehrlinge dürfen gar keine scharfen Waffen führen, um sich nicht selbst zu verletzen und – was noch wichtiger ist, wie Stoop mir bei vielen Gelegenheiten eingeschärft hat – um nicht ihren Monsterjägerausbilder zu verletzen.

Es war ein Holzschwert, das ich zu Hause geschnitzt hatte, in der Hoffnung, den Monstern damit vorgaukeln zu können, dass ich furchterregend war.

Der größte Schaden, den es je angerichtet hatte, war der Splitter in meinem Hintern, nachdem ich mich versehentlich daraufgesetzt hatte.

Zweitens möchte ich darauf hinweisen, dass ich, selbst wenn ich ein echtes Schwert gehabt hätte, es sowieso nicht gegen Monster hätte einsetzen dürfen.

Eine der wichtigsten Regeln bei der Monsterjagd ist, dass wir die Monster, die wir bekämpfen sollen, nicht verletzen oder gar töten dürfen. Nein, wir müssen sie einfangen und rehabilitieren.

Diese Regel macht uns die Arbeit manchmal sehr schwer, aber Monster haben auch Gefühle.

Ich habe mein Holzschwert nur gezogen, um den Nebelwichten zu zeigen, dass man sich **mit mir nicht anlegen sollte.** Leider sollte man in der Gegenwart von Nebelwichten NIEMALS seine Waffe ziehen, was ich gewusst hätte, wenn ich den Eintrag in meinem Buch zu Ende hätte lesen können.

Man sollte NIEMALS in der Anwesenheit von Nebelwichten eine Waffe ziehen. Im Allgemeinen sind sie harmlos und verschwinden früher oder später von selbst, aber der Anblick spitzer Gegenstände versetzt sie sofort in einen Zustand erhöhter Alarmbereitschaft, und darauf reagieren sie so, wie sie immer reagieren, wenn sie provoziert werden, nämlich indem sie Wumms-Peng spielen.

Was, so fragst du dich vielleicht, ist Wumms-Peng?

Wie schön, dass du fragst. Wumms-Peng ist das Lieblingsspiel der Nebelwichte, dessen Regeln viel zu kompliziert sind, um sie zu erklären. Selbst die Nebelwichte wissen nicht genau, wie man Wumms-Peng spielt, aber sie haben so viel Spaß dabei, dass es ihnen egal ist, wenn es drunter und drüber geht.

Zu meinem Pech hatte ich erst später Gelegenheit, diesen Teil zu lesen.

Wie vorhergesagt waren die Nebelwichte nicht erfreut über den Anblick meines Schwerts.

»Jetzt bist du dran!«, schrie ein hohes Stimmchen vergnügt.

Offenbar war dies der Moment, auf den sie gewartet hatten. Ich spürte, wie ich von unsichtbaren Nebelhänden gepackt wurde. Und im nächsten Moment …

… wurde ich mit **großer Wucht** durch den

Nebel geschleudert, bis ich von einem anderen Nebelwicht aufgefangen und in eine andere Richtung geworfen wurde, wobei die ganze Bande fröhlich vor sich hin schnatterte.

Das war Wumms-Peng.

»Fünf zu null!«, ertönte ein triumphierender Schrei.

»Null zu zwei!«

»Dreißig!«

Immer wieder wurde ich hin- und hergeschleudert. Manchmal begegnete ich auch Stoop, der in die andere Richtung sauste.* Ich versuchte, ihn zu packen, um uns beide zu verlangsamen, aber es half nichts.

Ich hatte keine Ahnung, was mit Nancy passiert war. Ich hoffte nur, dass sie nicht auch von dem haferschleimigen Nebel verschluckt worden war.

»Neun-Mittwoch!«

»Minus sechs!«

»Rein!«

»Raus!«

* *Offenbar hatte er auch den Fehler gemacht, sein Schwert zu ziehen.*

»Aus die Maus!«

Die Regeln und die Punktevergabe dieses lächerlichen Spiels ergaben wirklich überhaupt keinen Sinn.

Bald hatte ich es so satt, hin- und hergeschleudert zu werden, dass ich die Nebelwichte am liebsten mit meinem Schwert erschlagen hätte, vorausgesetzt ich könnte lange genug stillhalten. Doch selbst wenn mir das gelänge: Gegen wen – oder was – hätte ich das Schwert einsetzen sollen? Ich konnte keine Gestalten ausmachen, nur flüchtige Blicke auf Nebelgesichter – seltsam verzerrtes Grinsen, schrilles, hohes Kichern – und Nebel, der aus schweinsrüsselähnlichen Nasen paffte.

Wie lange das Spiel dauerte, kann ich nicht sagen, denn ich hatte keine Gelegenheit, auf die Uhr zu schauen.* Aber irgendwann hörte ich durch den dichten Nebel gedämpftes Glockengeläut.

Aus irgendeinem Grund wurde der Nebel jedes Mal, wenn die Glocken läuteten, dünner und dünner, was die Nebelwichte vor Verärgerung zetern ließ.

* *Und ich hatte sowieso keine Uhr dabei.*

Innerhalb von Sekunden war der Nebel nicht mehr in der Lage, mein Gewicht zu tragen, und ich schwebte wie ein Blatt, das im Herbst vom Baum fällt, tiefer und tiefer, bis ich in weichem Gras lag und nach oben blickte, während sich der Himmel über mir lichtete.

Die Nebelwichte hatten sich endlich verzogen und ich stand auf, um zu sehen, wo ich war.

Kalte Suppe

Vor mir lag eine große graue Wasserfläche, die auf allen Seiten von hohen, mit violettem Heidekraut bedeckten Bergen umgeben war.

Es sah aus wie eine riesige Suppenschüssel.

Mit einer sehr kalten Suppe darin, und anstelle von Dampf kräuselte sich Dunst* darüber.

Als ich den Blick über das Wasser gleiten ließ, meinte ich, weit draußen kurz etwas auftauchen zu sehen … eine Schwanzspitze vielleicht? Es dauerte nur einen winzigen Moment, dann verschwand sie mit einem Plätschern.

Vielleicht war es auch ein Platscher, also etwas größer als ein Plätschern, aber es war ganz sicher kein Plotscher.**

»Haben Sie das gesehen?«, fragte ich beunruhigt.

»Was gesehen?«, fragte Stoop, der ebenfalls wie-

---

* *Echter Dunst und keiner von Dunstwichten, denn die gibt es nicht.*
** *Und ein Knallplatscher war es definitiv nicht, denn die sind GEWALTIG.*

der auf die Erde zurückgekehrt war und seine Gliedmaßen untersuchte, um sicherzustellen, dass sie noch auf die **übliche Weise** funktionierten.

Ich erzählte ihm von der Schwanzspitze.

»Das war wahrscheinlich das Monster von Loch Less«, sagte er achselzuckend.

»Äh, Sie meinen das Monster von Loch Ness?«, sagte ich, denn davon hatte ich schon gehört.

»Wenn ich das gemeint hätte, hätte ich es gesagt«, entgegnete Stoop gereizt. Er deutete auf das suppige Wasser. »Das ist Loch Less. So wie Loch Ness, nur nicht so groß. Und wie Loch Ness hat auch dieses Loch ein eigenes Ungeheuer, nur ist es viel kleiner als seine berühmte Verwandte. In dieser Gegend ist es als Lessie bekannt.«

»Ist es bösartig?«

»Nicht im Geringsten, aber irgendjemand will uns das glauben machen. Schau!«

Alle paar Meter entlang des Ufers waren Pfosten in den Boden gerammt worden, die Warnschilder trugen: **MONSTER IM EINSATZ** und **WAGEMUTIGE WANDERER, AUFGEPASST!** und **EINDRINGLINGE WERDEN GEFRESSEN**.

»Lessie würde niemals jemanden fressen!«, sagte Stoop entrüstet. »Sie ist Vegetarierin. Das kannst du mir glauben. Ich selbst habe ihren Eintrag im *Monsterjägerbuch* verfasst. Es war der erste, den ich je geschrieben habe. Schau nach, dann siehst du es.«

Ich erinnerte ihn daran, dass wir im Moment dringendere Probleme hatten als die Essgewohnheiten der monströsen Bewohnerin dieses Sees.

»Zum Beispiel?«, fragte er.

»Zum Beispiel, Nancy zu finden.«

Stoop sagte, wir sollten nicht in Panik geraten. Die Nebelwichte hatten uns durch ganz Schottland geschleudert, sodass wir unser geplantes Ziel **am Obersten Zipfel** bereits erreicht hatten. Nancy würde schon bald ihren eigenen Weg hierher finden.

»Warum fragen wir nicht in dem Haus da drüben, ob jemand sie gesehen hat?«, schlug ich vor und deutete auf ein großes Gebäude auf einer Landzunge mit Blick auf Loch Less.

»Das ist kein Haus«, sagte Stoop und blinzelte das Gebäude an, als traute er seinen Augen nicht. »Das ist ein Kloster. Das also ist Kloster Muckel?

Seltsam. Na los, auf geht's. Wer als Letzter da ist, ist ein Jammerlappen!«

Ich eilte ihm nach und starrte das Möglicher-weise-Kloster-Muckel an, während es – oder vielmehr wir – näherkamen.

Es war schwer zu glauben, dass an einem so düsteren und unfreundlichen Ort jemand leben konnte.

Kein Licht leuchtete aus den Fenstern.

Kein Geräusch drang aus dem Inneren.

Es gab nicht mal eine Klingel.

Ich musste mit aller Kraft mit der Faust an die eisenbeschlagene Vordertür hämmern.

Keine Antwort.

Ich klopfte erneut.

Ich war kurz davor, ein drittes Mal zu klopfen, denn das kommt in der Regel nach dem zweiten Mal, außer man überspringt das dritte

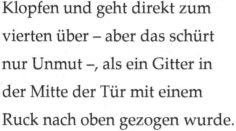

Klopfen und geht direkt zum
vierten über – aber das schürt
nur Unmut –, als ein Gitter in
der Mitte der Tür mit einem
Ruck nach oben gezogen wurde.

Zwei Augen lugten heraus.

»Ist das Kloster Muckel?«,
fragte ich.

»Wer will das wissen?«,
fragten die Augen.

Na ja, es waren
natürlich nicht die
Augen, die fragten,
denn Augen können
nicht sprechen.

»Ich bin Jack«, sagte
ich und lächelte
freundlich.

»Schön für dich«,
sagte der Mund der Frau,
deren Augen es waren. Und
damit knallte das Gitter zu.

Ein muckliges Kloster

Ich war so stinkig, dass ich das dritte und vierte Klopfen ausließ und direkt zum fünften überging. Das hatten sie davon!

Das Gitter öffnete sich gleich wieder, und dieselben Augen starrten heraus.*

»Was willst du diesmal?«

»Das sagte ich doch schon. Ich bin Jack« – ich wartete darauf, dass das Gitter wieder zugeknallt wurde, aber das geschah nicht – »und das ist Stoop. Wir haben Ihre Nachricht wegen der Lubber erhalten und sind sofort gekommen, um zu helfen.«

»Warum hast du das nicht gleich gesagt?«

»Ich habe es versucht«, entgegnete ich.

Von drinnen ertönte aufgeregtes Gemurmel.

---

* Zumindest nahm ich an, dass es dieselben waren, auch wenn alle Augen ziemlich gleich aussehen.

60

»Sie sind da!«

»Sie sind gekommen!«

»Ich hab doch gesagt, dass sie kommen!«

»Hast du nicht, du Schwindlerin!«

»Hab ich doch!«

»Hast du nicht!«

»Na schön, du hast es so gewollt. Nimm das!«

»He, Hände weg!«

»Hört auf zu raufen, ihr zwei!«

»Lasst Jack rein, um Himmels willen!«

»Wer spielt mit mir Himmel und Hölle?«*

Die eisernen Riegel wurden zurückgeschoben, und die Tür öffnete sich mit einem langsamen Knarren, aber das war nur Stoop, der seine eigenen Geräuscheffekte einbaute, um den Moment stimmungsvoller zu machen.

Gemeinsam traten wir in eine steinerne Halle, die ringsherum von brennenden Kerzen erleuchtet war.

Vor uns stand eine Gruppe Nonnen.

»Willkommen in Kloster Muckel«, sagte eine Nonne mit rosigen Wangen und trat vor, um uns

---

* *Ich weiß nicht recht, ob die letzte Sprecherin überhaupt mitbekommen hatte, was los war.*

mit einem Lächeln in Empfang zu nehmen. »Ich begrüße euch bei den Schwestern des Perpetuellen Elends. Mein Name ist Schwester Oberin, und dies ist meine Assistentin, Schwester Unterin.«

Eine kleinere Nonne mit einem ebenso freundlichen Gesicht trat vor und verneigte sich.

»Du weißt gar nicht, wie sehr wir uns freuen, dass du auf unser Hilfegesuch hin gekommen bist, Jack«, sagte Schwester Oberin. »Wir haben schon so viel von deinen Heldentaten gehört. Du bist genau der Monsterjäger, den wir brauchen! Aber was rede ich – Du hast ja noch gar nicht alle kennengelernt. Schwestern, kommt und stellt euch vor!«

 # Nonnen über Nonnen

Es war schwer, die einzelnen Nonnen auseinander-
zuhalten, weil sie alle die gleichen schwarzen Kutten trugen, bis auf eine, die ohne ersichtlichen
Grund als Verkehrspolizistin verkleidet war.

»Geh und zieh dein richtiges Kostüm an«, sagte
Schwester Oberin streng. »Du bist schon einmal
verwarnt worden.«

Die falsch gekleidete Nonne machte sich auf den
Weg, um sich umzuziehen.

Die anderen Schwestern des Perpetuellen Elends
nannten uns nacheinander ihre Namen.

Neben Schwester Oberin und Schwester Unterin
gab es Schwester Vornedran und Schwester Hintenrum. Schwester Nebenbei und Schwester Mittendrin.

Als Nächste kam Schwester Sowieso, gefolgt von

Schwester Überhaupt, die fröhlich erklärte, dies sei der schönste Tag überhaupt.

Schwester Geht-dich-nichts-an – die, wie Schwester Oberin erklärte, eines Tages in Kloster Muckel aufgetaucht und dort eingezogen war und immer noch niemandem verraten wollte, was sie dort tat – nickte lediglich knapp mit dem Kopf und weigerte sich, ein Wort zu sagen.

Dann war Schwester Obendrüber an der Reihe, die so hieß, wie sie erklärte, weil sie ein kleines Zimmer ganz oben im Turm von Kloster Muckel bewohnte.

Zuletzt kam die kleinste Nonne.

Ihr Name war Schwester Esther, und sie war sehr schüchtern. Sie musste mehrmals aufgefordert werden, vorzutreten und ihren Namen zu nennen.*

»Ihr müsst uns verzeihen, dass wir nicht früher an die Tür gekommen sind«, sagte Schwester Oberin. »Wir haben die Nebelwichte gehört und hatten Angst, dass sie sich wieder hier einschleichen würden, wenn wir **nicht wachsam** sind.«

---

* *Ich erinnerte mich an meinen ersten Tag in der neuen Schule und konnte sie gut verstehen.*

»Sie hatten also schon mal Ärger mit ihnen?«, fragte ich.

»Vor ein paar Wochen haben sie sich eines Nachts hereingestohlen, als jemand achtlos ein Fenster offen gelassen hatte, und verbrachten eine ganze Stunde damit, Schwester Hintenrum hin und her zu werfen. Vielleicht war es auch Schwester Vornedran. Ich kann sie nie auseinanderhalten. Auf jeden Fall war ihr eine Woche lang schwindlig.«

»Es war eine gute Idee, die Glocken zu läuten«, sagte Stoop. »Die meisten Ungeheuer lassen sich durch Glockengeläut vertreiben.«

»Das waren wir nicht«, sagte Schwester Oberin. »Wir saßen gerade beim Abendessen, als sie zu schellen* begannen, und wir waren alles andere als erfreut. Heute Abend gibt es nämlich Steak- und Nierenpastete.«

»Wenn Sie sie nicht geläutet haben«, sagte ich, »wer dann?«

»Das«, meldete sich eine vertraute Stimme aus dem hinteren Teil des Saals, »war dann wohl ich.«

* _Das ist ein anderes Wort für läuten._

Regeln
sind
Regeln

»Nancy!«, rief ich erleichtert, als unsere Co-Monsterjägerin aus dem Schatten trat. »Du bist den Nebelwichten entwischt!«

»Musste ich gar nicht«, sagte Nancy. »Sie waren wirklich süß. Als sie hörten, dass ich mich verirrt hatte, haben sie mich persönlich hierhergebracht.«

»Nebelwichte sind nicht süß!«, sagte Stoop. »Sie sind ungefähr so süß wie unreife Stachelbeeren mit Gurkengeschmack. Sie haben Wumms-Peng mit uns gespielt. Mir tut immer noch alles weh!«

»Dann habt ihr wohl eure Waffen gezogen«, sagte Nancy, und ich musste es zugeben.* »Man braucht kein eigenes Exemplar von *Monsterjagen für Fortgeschrittene*, um zu wissen, dass man das

---

* *Stoop gab nie irgendetwas zu, wenn er es vermeiden konnte.*

bei Nebelwichten unter
keinen Umständen tun sollte.
Glücklicherweise hatte ich mir gemerkt,
dass sie Glockengeläut verabscheuen, deshalb bin ich, nachdem sie mich hier abge-
setzt haben, auf den Turm gestiegen und
habe ordentlich geläutet.«

»Ich weiß nicht, was aus uns geworden
wäre, wenn du das nicht getan hättest«,
sagte ich dankbar, aber Stoop war nicht zu
Dankesworten aufgelegt.

Die Erwähnung von Steak-und Nierenpastete hatte seinen Appetit angeregt.

Er verlangte, SOFORT zu den Lubbern
gebracht zu werden, um ein paar Fallen
aufzustellen und sich dann dringlicheren
Angelegenheiten zu widmen, zum Beispiel
der Nahrungsaufnahme.

»Ich fürchte, das ist nicht möglich«,

sagte Schwester Oberin entschuldigend. »Die Lubber kommen nie vor Mitternacht heraus.«

»Bis Mitternacht sind es Stunden«, murrte Stoop. »So lange kann ich nicht warten, ohne einen Happen zu essen.«

»Wir würden Ihnen wirklich gerne etwas anbieten«, sagte Schwester Oberin bedauernd, »aber es ist uns strengstens untersagt, mit Leuten zu essen, die nicht zu unserem Orden gehören. Das ist eine der **drei goldenen Regeln von Kloster Muckel**.«

»Und die anderen beiden?«, fragte ich.

»Die zweite Regel lautet: Keine kohlensäurehaltigen Getränke vor dem Schlafengehen.«

»Sehr vernünftig«, sagte ich, denn ich hatte selbst ein paar Unfälle gehabt, als ich kleiner war, und es gibt nichts Schlimmeres, als auf einer durchnässten Matratze zu schlafen. »Und die dritte?«

»Die dritte und wichtigste Regel lautet, niemals jemandem zu verraten, was die dritte Regel ist«, sagte Schwester Oberin feierlich.

Nancy runzelte die Stirn. »Das ist doch vollkommen unlogisch. Wenn das die dritte Regel ist, dann haben Sie uns gerade gesagt, wie sie lautet, und damit die Regel gebrochen. Es sei denn, Sie flunkern, aber ich bin mir ziemlich sicher, dass Nonnen nicht flunkern dürfen.«

»Da hast du recht. Flunkern ist verboten«, sagte Schwester Esther. »Das ist die vierte Regel.«

»Ich dachte, es gäbe nur drei goldene Regeln«, entgegnete Nancy.

»Richtig. Die vierte Regel ist silbern.«

»Gibt es auch eine fünfte Regel?«, fragte ich und hatte das komische Gefühl, dass ich die Frage noch bereuen würde.

»Die fünfte Regel«, sagte Schwester Oberin, »ist die, dass die Schwestern des Perpetuellen Elends Kloster Muckel niemals verlassen dürfen. Sicher kennt ihr alle die uralte Prophezeiung, dass die Abtei einstürzen wird, sollten wir jemals ausziehen, und dann droht …« – Schwester Oberin machte eine dramatische Pause – »**DAS ENDE DER WELT, WIE WIR SIE KENNEN!**«

»Aber das habe ich mir doch nur ausgedacht!«, rief Nancy, bevor sie sich schnell den Mund zuhielt.

Die Gruben

»Ich hab's gewusst«, sagte Stoop und blickte Nancy finster an. »Du hast mich mit einem üblen Trick dazu gebracht, hierherzukommen.«

»Es tut mir leid, Stoop«, sagte Nancy. »Es war die einzige Möglichkeit, Sie zu überzeugen. Ich wusste nicht, dass es diese Prophezeiung *wirklich* gibt.«

»Die gibt es in der Tat«, sagte Schwester Oberin. »Es steht geschrieben, dass dieses Kloster über dem Eingang zu den **Feurigen Gruben des Verderbens** steht. Man nennt sie auch kurz die **Unterwelt**.«

»Die Unterwelt?«, wiederholte ich schaudernd.

Ganz hinten in *Monsterjagen für Fortgeschrittene* gab es einen Artikel über diesen Ort, aber ich hatte noch nicht den Mut aufgebracht, ihn zu lesen. Ich hatte immer gehofft, es würde nicht nötig sein.

Die Seiten waren leicht angekokelt, fühlten sich heiß an und waren mit einer Warnung versehen.

Weiterlesen auf eigene Gefahr!

»Sollten wir je dazu gezwungen sein, von hier fortzugehen«, fuhr Schwester Oberin fort, »so besagt die Prophezeiung, dass Kloster Muckel einstürzen wird und die Monster, die in der **Unterwelt** leben, herauskriechen und unsagbares Unheil und Chaos über die Welt bringen werden.«

»Deshalb müsst ihr euch um die Lubber kümmern«, erklärte Schwester Unterin. »Sie sind so lästig, dass wir keine andere Wahl haben, als das Kloster zu verlassen, selbst wenn dann die Welt untergeht. Sie rennen die ganze Nacht herum, machen Krach, reißen uns die Bettdecken weg und hinterlassen überall ihre schlammigen Hufspuren. Und ihr solltet mal die Lieder hören, die sie grölen!

Die sind nicht für unsere Nonnenohren geeignet. Wir haben alle schon seit Wochen kein Auge mehr zugetan.«

»Das ist bestimmt unangenehm«, sagte Stoop, »aber **DAS ENDE DER WELT, WIE WIR SIE KENNEN** wird sicher auch kein Zuckerschlecken, also warum bleiben Sie nicht einfach und arrangieren sich mit ihnen?«

»Alles in allem«, sagte Schwester Oberin, »klingt es wirklich so, als sollten wir das tun.«

»Und *werden* Sie es tun?«

»Nein!«, schrien alle Nonnen einstimmig.

Damit war die Sache entschieden. Unser Auftrag war dringlicher denn je. Als ich dort stand, bildete ich mir fast ein, die Hitze der **Unterwelt** durch den Steinboden zu spüren.

Zumindest hoffte ich, dass ich es mir nur einbildete.

Es blieb uns nichts anderes übrig, als um Mitternacht zurückzukehren und uns mit den Lubbern

zu befassen, damit die **Feurigen Gruben des Verderbens** für immer verschlossen blieben.

Bis dahin, forderte Stoop, sollten wir ins Dorf gehen und uns etwas zu essen besorgen, denn man konnte nicht von ihm erwarten, dass er mit leerem Magen **DAS ENDE DER WELT, WIE WIR SIE KENNEN** verhinderte.

»Woher kennen Sie überhaupt den Weg zum Dorf?«, fragte ich, als die Tür von Kloster Muckel hinter uns zuschlug und Stoop den düsteren, holprigen Weg um den See einschlug.

»Dörfer liegen im Allgemeinen in dieser Richtung«, behauptete er wenig überzeugend.

»Ach ja?«

»Hör auf, mir Fragen zu stellen!«

Er weigerte sich, ein weiteres Wort zu sagen, bis das Dorf Muckel in Sicht kam, das am Rand des Sees lag, als hätte es dort nach einem langen Spaziergang Halt gemacht, um seine Füße im Wasser zu kühlen, und beschlossen zu bleiben, weil ihm die Aussicht gefiel.

Der alte Zauselbart schien ganz genau zu wissen, wohin er wollte.

Er hielt den Kopf gesenkt und blickte nicht ein einziges Mal auf, während er durch die verwinkelten Gassen stiefelte.

Ich sah Leute flüstern, als er vorbeiging.

Finger, die auf ihn zeigten.

Ein Mann lüpfte den Hut, um ihn zu grüßen, aber Stoop grunzte nur und ignorierte ihn.

»Woher kennen die Dorfbewohner Sie?«, fragte Nancy misstrauisch.

»Sie müssen mich mit jemandem verwechseln«, antwortete Stoop so wenig überzeugend wie zuvor.

Nancy und ich konnten sehen, dass er nicht bereit war, uns die Wahrheit zu sagen, und beschlossen, auf **den richtigen Zeitpunkt** zu warten.

Wir hatten die Dorfmitte erreicht.

Dort stand das Gasthaus *Zur häuslichen Schmugglerin*, doch der Name stellte sich als Schwindel heraus, denn die Schmugglerin war alles andere als häuslich – sie war gar nicht da.

Stattdessen begrüßte uns ihr Bruder.

»Stoop«, sagte er. »Lange nicht gesehen!«

Mahlzeit!

»Bring uns Essen!«, befahl Stoop.

Der Bruder der Schmugglerin war wohl an
Stoops ungehobelte Art gewöhnt.

»Wie wird der Herr zahlen?«, fragte er höflich.

»Der Herr zahlt gar nicht.«

Stoop reichte ihm eine goldene Karte mit dem
Schriftzug der Internationalen Monsterjägerliga auf
der Vorderseite.

Die Liga kam für alle angemessenen Ausgaben
auf, wenn Monsterjäger in offizieller Mission unterwegs waren, und gab dem Inhaber zudem das
Recht auf kostenlosen Kohl an jedem Marktstand
diesseits von Konstantinopel.*

Wir wurden zu einem Tisch neben dem lodern-
den Kaminfeuer geführt, und schon bald war der

---

* *Jenseits von Konstantinopel brauchte man ein geheimes Passwort,
das aus Sicherheitsgründen wöchentlich geändert wurde.*

Tisch mit einer verlockenden Auswahl an Leckereien, Köstlichkeiten und Gaumenfreuden bedeckt.*

Es gab walisische Käsegriller, französischen Toast, irischen Eintopf, deutsche Wurst, spanisches Omelett, griechischen Joghurt, türkische Tafeltrauben, dänisches Gebäck, schottische Eier und englische Muffins sowie zwei Schüsseln mit chinesischen Krachern, die allerdings Feuerwerkskörper waren, sodass es nicht klug gewesen wäre hineinzubeißen, ganz gleich, wie hungrig man war.

Wir begannen zu essen, und für einen Moment vergaß ich alles um mich herum – sogar die Unterwelt – und dachte nur daran, wie glücklich mein Bauch war.

Stoop war deutlich besser gelaunt, nachdem er gegessen hatte. Das war er meistens.

Nancy und ich nutzten die Gelegenheit und verlangten, dass er uns die Wahrheit sagte. Stoop begriff, dass **Widerstand zwecklos** war.

»Wenn ihr es unbedingt wissen müsst«, brummte er, »ich bin in Muckel aufgewachsen.«

»Ich wusste nicht, dass Sie aus Schottland kom-

* *Auch bekannt als Essen.*

76

men«, sagte ich. »Sie haben gar keinen schottischen Akzent.«*

»Ich war seit fast zweihundert Jahren nicht mehr in meiner Heimat«, sagte Stoop. »In dieser Zeit kann man seinen Akzent leicht verlieren.«

»Lebt Ihre Familie noch hier?«, fragte ich.

»Crabbit – mein Vater – lebt noch hier. Am Hafen in Haus Jammernicht. Aber kommt nicht auf die dumme Idee, ihm Hallo zu sagen. Nach zweihundert Jahren schneit man nicht einfach so herein.«

»Also, ich würde meinen Dad ganz bestimmt sehen wollen, wenn ich ein paar Jahrhunderte nicht mehr zu Hause war«**, sagte ich.

Doch Stoop blieb stur.

»Crabbit wollte nicht, dass ich Monsterjäger werde«, erklärte er traurig. »Er sagte, ich wäre nicht groß genug. Am Ende blieb mir keine andere Wahl. Mit sieben Jahren bin ich von zu Hause weggelaufen, um dem **Ruf des Schicksals** zu folgen.«

»Deshalb wollten Sie also nicht herkommen«,

---

* Was komisch war, weil Nancy sehr wohl einen schottischen Akzent hatte, obwohl sie nie in Schottland gewesen war.
** Die längste Zeit, die wir voneinander getrennt waren, war, als er einmal von der anfangs erwähnten Tante Brunhilda entführt worden war.

sagte Nancy. »Es lag gar nicht daran, dass Lubber die Mühe nicht wert sind.«

»Sie sind die Mühe wirklich nicht wert«, sagte Stoop. »Ich würde sogar mein Leben darauf verwetten, dass die Lubber in Kloster Muckel die gleichen sind wie die, die in unserer Nähe wohnten, als ich noch ein kleiner Junge war. Aber wenn ihr darauf besteht, mir alle meine Geheimnisse zu entlocken, dann gebe ich es zu. Das ist der Hauptgrund: Ich wollte nicht nach Muckel zurückkommen.«

Ich beschloss, das Thema fallen zu lassen. Ich wollte in Stoop keine schlechten Erinnerungen wecken.

Außerdem war mein Interesse an einem Neuankömmling geweckt worden, der in der Tür des Gasthauses stand, die Kapuze seines Umhangs zurückschlug und sich umsah, als ob er jemanden suchte.

Einen Menschen wie ihn hatte ich noch nie gesehen. Er war so kantig, als hätte ihn jemand gezeichnet, der keine Kurven kannte. Seine Ellbogen hätten einem die Augen ausstechen können.

Auch Stoop hatte ihn bemerkt.

»Der hat uns gerade noch gefehlt«, seufzte er,

trank einen weiteren Schluck Bier und wischte sich
mit dem Ärmel den Schaum aus dem Bart.

»Sie kennen ihn?«, fragte ich.

»Leider ja«, sagte Stoop. »Das ist Hatfield. Monsterjäger von Beruf, obwohl ich mich nicht erinnern
kann, dass er je ein Monster gefangen hat. Ich habe
ihn ewig nicht gesehen. Was er wohl hier macht?«

»Warum fragen Sie ihn nicht?«

»Auf keinen Fall. Wenn der erst mal loslegt,
werden wir ihn nicht mehr los. Lasst uns abhauen,
solange wir noch die Gelegenheit haben.«

Aber die Gelegenheit kam nie. Hatfields Blick
fiel auf uns und er ließ ein so strahlendes
Lächeln aufblitzen, als hätte er statt Zähnen zwei Reihen winziger Lämpchen
im Mund.

Er stürmte durch den Raum
zu unserem Tisch.

»Poop, mein alter Freund!«,
schrie er. »Wie schön, dich zu
sehen! Was hast du seit unserem
letzten Treffen getrieben? Du
musst mir alles erzählen!«

IMM

Stoop schob seinen Stuhl zurück, legte die Hände flach auf den Tisch und richtete sich zu seiner beeindruckendsten Größe auf.*

»Mein Name«, sagte er finster, »ist Stoop!«

»Habe ich das nicht gesagt?«

Stoop knurrte tief in der Kehle wie ein Dachs mit einem schlimmen Husten und ohne Hustensaft. »Nein. Hast. Du. Nicht.«

»Du musst mich entschuldigen«, sagte Hatfield und nahm sich einen Stuhl.** »Ich kann mir keine

---

* *Die, ohne gemein sein zu wollen, nicht besonders beeindruckend war.*
** *Das soll heißen, dass er sich daraufsetzte, und nicht, dass er ihn mitnahm, denn das wäre Diebstahl.*

Namen merken. Als ich vom König von Lappland
einen Orden für meine besonderen Verdienste
erhielt, zum Dank, dass ich den Klein-gefleckten
Hopfendödel gefangen hatte, wollte mir beim besten Willen nicht einfallen, wie er hieß. Glücklicherweise kam ich dann doch noch drauf. Er hieß
›König von Lappland‹!«

Vor Lachen schüttelte er sich so sehr, dass ich
den Kopf einziehen musste, um seinen spitzen
Ellbogen auszuweichen.

»Damit hat er schon früher immer angegeben«,
raunte Stoop Nancy und mir zu, während Hatfield
sich ein Schweizer Brötchen nahm.

»Das hat uns alle wahnsinnig gemacht. Um
ehrlich zu sein, glaube ich, dass er sich den Klein-
gefleckten Hopfendödel nur ausgedacht hat. Außer
ihm hat den noch nie einer gesehen. Man sollte ihn
den ›Nie-entdeckten Hopfendödel‹ nennen!«

Er warf Hatfield einen finsteren Blick zu.

»Was machst du in Muckel?«

»Momentan wohne ich hier«, sagte Hatfield. »Ich
habe mir ein Zimmer bei einem alten Kerl unten
am Hafen gemietet. Er heißt Crabbit.«

Stoop prustete so heftig, dass das Bier aus seinem Mund beinahe das Feuer löschte.

»Ich hoffe, du schläfst nicht in meinem alten Kinderzimmer«, knurrte er.

»Jetzt, wo du es sagst, glaube ich, das könnte durchaus sein«, erwiderte Hatfield beiläufig. »Das Bett ist SEHR klein, und an der Wand hängen lauter schlechte Buntstiftzeichnungen von Monstern, die mit ›Poop, 6 ¾‹ unterzeichnet sind.«

»Stoop!«, korrigierte ich ihn verärgert.

Ich hätte mir die Mühe sparen können. »Crabbit lud mich ein, bei ihm zu bleiben«, fuhr Hatfield fort, ohne auf mich zu achten, »nachdem ich gerufen worden war, um ein besonders übles Rothütchen aus seinem Keller zu vertreiben.«

»Ein Rothütchen?«, fragte Stoop besorgt.

Ich konnte verstehen, dass er beunruhigt war. Rothütchen können sehr bösartig sein, wie *Monsterjagen für Fortgeschrittene* deutlich macht.

Rothütchen

Rothütchen gehören zu den furchterregendsten
Monstern in Schottland. Sie heißen so, weil sie
ihre Hütchen mit Menschenblut färben. Sie haben
lange Zähne und scharfe Krallen, von denen man
sich besser fernhalten sollte, und außerdem tragen
sie Eisenstiefel, die auf Parkettboden
ziemlich laut sind, sodass
man sie glücklicherweise
in der Regel schon von
Weitem hören und sich
rechtzeitig in Sicher-
heit bringen kann.

Hütchen in
Menschenblut
gefärbt

fleckiger
Umhang

lange
Klauen

Eisen-
stiefel

Man kann sie nur
besiegen, indem man
sie lebendig in heißem
Öl kocht. Das ist zwar
nicht erlaubt, man sollte es aber doch im
Hinterkopf haben, falls man mal in der Klemme
steckt. Falls man in einer ECHTEN Klemme steckt,
hat man allerdings ein noch größeres Problem,
denn da kommt man so schnell nicht wieder raus.

»Wenn du das Rothütchen in Öl gekocht hast«, sagte Stoop, »muss ich dich anzeigen, so leid es mir tut.«*

»Das war gar nicht nötig«, erwiderte Hatfield. »Ich habe nur meine angeborene Schlauheit genutzt, um es zu vertreiben. Crabbit war so dankbar für meine Hilfe, dass er mich anflehte, hier zu bleiben und den Stützpunkt für mein neues Unternehmen bei ihm aufzubauen.«

»Welches Unternehmen?«

Hatfield griff in seine Tasche und holte drei kleine, fein säuberlich bedruckte weiße Karten heraus, von denen er je eine an Stoop, Nancy und mich verteilte.

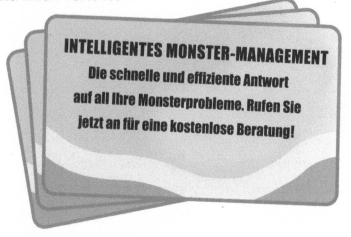

INTELLIGENTES MONSTER-MANAGEMENT
Die schnelle und effiziente Antwort auf all Ihre Monsterprobleme. Rufen Sie jetzt an für eine kostenlose Beratung!

---

* Er klang nicht so, als täte es ihm leid.

»Kurz IMM«, sagte er.

»Intelligentes Monster-Management«, las Stoop ungläubig. »Etwas Lächerlicheres habe ich ja noch nie gehört. Man kann doch nicht einfach seine eigene Monsterjägerorganisation gründen!«

»Doch, kann man«, sagte Hatfield. »Und genau das habe ich getan, gleich nachdem die Internationale Monsterjägerliga und ich uns, äh, getrennt haben.«

»Aber … aber … das verstößt doch gegen die Regeln!«

»Regeln sind dazu da, gebrochen zu werden, Droop.«

»Ich sag's dir nicht noch einmal! Ich heiße Stoop!«

»Ach so? Dann sage mir, Gloop, wer hat dich zum Monsterchef ernannt, hm?«

»Gutes Argument«, bemerkte Nancy.

»KEIN gutes Argument!!«, rief Stoop. »Es ist das argumentationsschwächste Argument in der Geschichte der Argumente. Das lasse ich ihm nicht durchgehen. Ich werde ihn anzeigen! Im Hauptquartier der Monsterjäger in Llan … Llan … dieser Stadt in Wales, in der sich das Monsterjäger-Hauptquartier befindet.«*

»Das juckt mich nicht«, sagte Hatfield unbesorgt. »Wer will schon ein Büro in Wales, meilenweit weg von allem? Ich stehe in Verhandlungen für Niederlassungen in London, Paris, New York und vielleicht auch am Südpol, wenn ich jemanden finde, der dort eine Zentralheizung einbaut.«

»Wie in aller Welt willst du das bezahlen?«, fragte Stoop ungläubig, denn Immobilien am Südpol sind bekanntlich nicht ganz billig. Arthur klagt immer über die Kosten für Ferienhäuser dort unten.

»Ganz einfach«, sagte Hatfield. »Ich verlange eine Gebühr für meine Dienste.«

Das ganze Gasthaus verstummte, als Stoop vor Schreck rückwärts vom Hocker kippte.**

---

* Llanfairpwllgwyngyllgogerychwyrndrobwllllantysiliogogogoch. Es gehörte früher Druiden, bevor sie sich von dort zurückzogen, um sich dem Gesellschaftstanz zu widmen.
** Und ich dachte, so was passiert nur in Büchern.

Geld regiert die Welt

BÄNG

Es ist nicht leicht, jemanden zu schockieren, der seit zweihundert Jahren Monster jagt.

Stoop war in der Schlacht von Nieder-Wallop an vorderster Front dabei gewesen. Er hatte miterlebt, wie die letzten Korinthenkacker eine Salve ihres eigenen Dungs auf die vorrückende Monsterjäger-armee abfeuerten und einen riesigen Misthaufen auftürmten. Nur ein einziger Bergsteiger war mutig genug, ihn zu erklimmen, und selbst der kam gerade mal bis zur Hälfte.

»Du hast doch keine Angst vor ein bisschen Wettbewerb, oder, Snoop?«, sagte Hatfield. Stoop war immer noch so verblüfft, dass er ihn nicht einmal wegen seines Namens korrigierte. »Wenn du meine Meinung hören willst –«

»Will ich nicht!«, sagte Stoop, kletterte wieder auf seinen Stuhl und rieb sich das Gesäß, das den Aufprall am stärksten zu spüren bekommen hatte.

»Ich sage sie dir trotzdem«, entgegnete Hatfield und ließ wieder sein Lächeln aufblitzen. »Die Internationale Monsterjägerliga hat viel zu lange in ihrem eigenen Saft geschmort. Ich biete einen neuen Ansatz. Und deshalb werde ich diese junge Dame bitten, mich auf meinem Weg zu begleiten.«

»Jack ist keine Dame«, sagte Stoop verwirrt.

»Ich glaube, er meint mich«, sagte Nancy. »Ich bin mir allerdings nicht sicher, ob es mir gefällt, als ›junge Dame‹ bezeichnet zu werden. Es klingt ein bisschen schmierig.«

»Ich bitte vielmals um Verzeihung«, sagte Hatfield … schmierig. »Ich war vorhin zufällig am See und habe gesehen, wie gut du mit den Nebelwichten fertiggeworden bist. Es ist vollkommen klar, dass du das Hirn dieser Truppe bist.«

»Das würde ich so nicht sagen«, widersprach Nancy bescheiden.

»Doch, würdest du«, knurrte Stoop. »Du sagst es mindestens neunmal bei jedem Abenteuer.«

»Siehst du? Das meine ich«, sagte Hatfield.
»Du bist genau die Art junge Dame … äh, ich
meine, erfahrene Monsterjägerin … nach der ich
gesucht habe. Du könntest sogar die beste Monsterjägerin seit diesem Mädchen in Tibet werden, das
den Scheußlichen Schneemann gebändigt hat.
Jetzt ist er so zahm, dass er sich Bänder ins Haar
flechten und seine Zehennägel mit Glitzer bemalen
lässt.«

»Sie können uns Nancy nicht wegnehmen!«,
schrie ich, entsetzt von dem Gedanken, sie zu verlieren.

»Meine Güte, das scheinen harte Verhandlungen
zu werden«, sagte Hatfield. »Nun gut. Ich ver-
dopple deinen Lohn, Nancy, wenn du bei mir mit-
machst.«

»Ich bekomme überhaupt keinen Lohn«, sagte
Nancy.

»Keinen Lohn?«, rief Hatfield empört. »Wenn
das so ist, verdreifache ich ihn!«

Nancy meinte, sie werde darüber schlafen und
ihm am nächsten Morgen ihre Antwort verkünden.

»Du denkst doch nicht wirklich daran, bei Intelligentes Monster-Management einzusteigen, oder?«, flüsterte ich ihr zu.

Nancys Lächeln war undurchdringlich.

Stoop sah unbehaglich aus – und das nicht nur, weil er auf einem Stuhl saß, der wackelte (das Bein seines Stuhls war beim Umkippen gebrochen).

»Hirn ist ja schön und gut«, sagte er, »aber es nützt einem nicht viel, wenn eine Armee von Korinthenkackern einen direkt aus ihren Hinterteilen mit frischem Mist beschießt. Was man in einer solchen Situation eher braucht, sind eine große Schaufel – und ein unterentwickelter Geruchssinn!«

Stoop streckte die Hände aus, um zu demonstrieren, wie man sich am besten gegen ein güllewerfendes Monster verteidigte, fegte dabei jedoch versehentlich eine der Schüsseln mit den Chinakrachern ins Feuer.

Und schon explodierte das Feuerwerk, schoss bunt in alle Richtungen, erfüllte die Luft mit dem Gestank von versengten Haaren und steckte Hatfields Augenbrauen in Brand.*

---

* Im Nachhinein betrachtet war es nicht die klügste Idee, die Feuerwerkskörper so nah ans Feuer zu stellen.

»Rette mich, Stoop«, flehte Hatfield panisch und schlug nach seinen Augenbrauen, als wären sie wütende Wespen, die ihn zu Tode stechen wollten.

»Wie oft muss ich es dir noch sagen? Mein Name ist Poop!«, schrie Stoop, hob seinen Bierkrug und schüttete Hatfield den Inhalt ins Gesicht, um die Flammen zu löschen.

Stoop begriff zu spät, was er gesagt hatte.

Die Freude auf seinem Gesicht, Hatfield durchnässt zu haben, verwandelte sich in Verlegenheit, als die anderen Gäste zu kichern begannen.

»Habt ihr gehört, wie er sich genannt hat?«, gackerten sie.

Wütend warf Stoop auch die zweite Schüssel Chinakracher ins Feuer und lachte schallend, als alle auseinanderliefen, um dem feurigen Bombardement zu entkommen.

»Geschieht euch recht!«, brüllte er ihnen nach und gab uns ein Zeichen, dass es Zeit war zu gehen.

Er war immer noch knallrot im Gesicht, als die Tür hinter uns zufiel.

Warum ich?

Normalerweise gönnte sich Stoop nach einer üppigen Mahlzeit ein Nickerchen. Oder auch einen ausgewachsenen Nicker, wenn es möglich war. Aber nicht heute Abend. Er wollte unbedingt beweisen, dass er immer noch der beste Monsterjäger in Muckel war.

»Eins verstehe ich nicht«, sagte Nancy, als Kloster Muckel wieder in Sicht kam und sich wie ein abgebrochener Zahn gegen den Sternenhimmel abzeichnete. »Warum haben die Schwestern des Perpetuellen Elends ausgerechnet nach Jack gefragt? Sie müssen doch einen **bestimmten Grund** gehabt haben, warum sie wollten, dass ER sich um die Lubber kümmert und nicht irgendein x-beliebiger Monsterjäger. Was meinen Sie, Stoop?«

»Woher soll ich das wissen?«, bellte der kleine Mann. »Ich weiß nicht mehr über diese auf Pasteten versessenen Nonnen als ihr. Das Kloster war noch gar nicht hier, als ich ein kleiner Junge war.«

»Nicht? Wie kann DIESES riesige Steinding nicht hier gewesen sein?«, rief Nancy aus. »Schauen Sie es sich doch mal an! Man sieht, dass es wirklich alt ist. Wirklich, WIRKLICH alt. Vielleicht sogar wirklich, WIRKLICH, WIRKLICH alt, und viel älter kann etwas gar nicht sein.«*

»Nicht alles, was alt aussieht, IST auch alt«, sagte Stoop gleichgültig, aber ich merkte, dass das Thema auch ihn beschäftigte.

Hatte er deshalb so ungläubig geschaut, als er Kloster Muckel zum ersten Mal auf der Landzunge gesehen hatte, nachdem sich der Nebel gelichtet hatte?

Ich hatte keine Gelegenheit, ihn danach zu fragen, denn die Tür des Klosters öffnete sich lautlos, als wir uns näherten.

Stoop hatte nicht einmal die Chance, sein stim-

* *Es sei denn, es ist wirklich, WIRKLICH, WIRKLICH, WIRKLICH alt, aber jetzt wird es albern.*

mungsvolles Knarren ertönen zu lassen, und er machte keinen Hehl daraus, dass er darüber **STINKSAUER** war.

Schwester Oberin, die offenbar auf uns gewartet hatte, hob einen Finger an die Lippen und flehte uns an, still zu sein.

Die anderen Nonnen waren schon im Bett, weil sie früh aufstehen mussten, um zu tun, was Nonnen eben so tun.*

Mit einer Kerze führte sie uns durch verlassene Korridore

* *Herumnonnen, vermute ich.*

und steile Stufen in einen muffigen Raum tief unter der Erde.

Ich konnte erkennen, dass es sich um eine Küche handelte, weil Messingtöpfe und -pfannen von der Decke baumelten und ein Stapel schmutziger Teller darauf wartete, abgewaschen zu werden.

Hier, so informierte uns Schwester Oberin mit gesenkter Stimme, war der Ort, an dem die Lubber um Schlag Mitternacht auftauchten. Niemand wusste, woher sie kamen, denn keine der Nonnen hatte es gewagt, die Nacht in der Küche zu verbringen, um es herauszufinden.

»Ich auch nicht«, sagte sie mit einem Schaudern, »und ich gedenke auch nicht damit anzufangen.«

Eilig wünschte sie uns viel Glück, bevor sie die Treppe hinaufging und die Kerze mit sich nahm. Die Küche versank in Dunkelheit.

Wir drei kauerten uns unter einen Tisch, um auf die Lubber zu warten.

Das einzige Geräusch war das Ticken einer Uhr, die die Minuten bis Mitternacht herunterzählte.

Oder?

»Hört mal«, raunte ich. »Da kommt was.«

Lubber-Party

Unter unseren Füßen hörten wir ein Scharren.
Es wurde immer lauter. Bald wurde es von einem
Kratzen abgelöst.

Nancy stupste mich an und zeigte auf die Mitte
des Bodens, wo sich eine Steinplatte hob.

Einen Moment lang befürchtete ich, dass die
monströsen Bewohner der **Unterwelt** es leid waren, auf den Einsturz des Klosters zu warten, und

beschlossen hatten, **DAS ENDE DER WELT, WIE WIR SIE KENNEN** schon vorzeitig in Gang zu setzen.

Dann schlug die Uhr Mitternacht, und aus dem Loch strömte eine Legion von Lubbern. Sie sahen genauso aus wie in *Monsterjagen für Fortgeschrittene*, aber es waren sehr viel mehr, als auf ein einziges Bild passen.

In Sekundenschnelle polterten sie auf ihren Hufen durch die Küche und kreischten vor Vergnügen.

Einige stürmten die Speisekammer, kamen mit Armen voller Brötchen, Hühnerbeinen, Biskuitrollen, Marmeladengläsern, Schokoladenkeksen und Limonadenflaschen, die so groß waren wie sie selbst, wieder heraus und setzten sich auf den Boden, um einen Mitternachtsschmaus abzuhalten.

Andere sprangen in die Spüle und bedienten sich von den Essensresten der Nonnen, bevor sie einander die schmutzigen Teller zuwarfen wie Frisbees.

Wie sich herausstellte, waren die Lubber nicht sehr geschickt im Werfen oder Fangen, denn sie ließen die meisten Wurfgeschosse fallen. Die Teller zerschellten an den Wänden, und die Lubber johlten bei jedem Scheppern.

»Das lasst ihr schön bleiben!«, sagte Stoop und kroch unter dem Tisch hervor.

Die Lubber waren überrumpelt, aber sie ließen sich nicht einschüchtern. Sie warfen einen Blick auf Stoop und riefen: »Sieh mal einer an, wer wieder in Muckel ist! Der alte Grantelbart persönlich!«

Und sie flitzten um ihn herum.

Verzweifelt kreiste Stoop die Arme, als wäre er eine Windmühle im Sturm, aber sie waren zu schnell und ließen sich nicht fassen.

Die Jagd schien ihnen Spaß zu machen. Anstatt sich in Sicherheit zu bringen, sausten sie nah an ihn heran, bis er sie beinahe erwischte, und wichen dann flink aus.

»Diesmal hättest du mich fast erwischt, Grantelchen!«

»Versuch's noch mal!«

»Als Kind war er schneller, was?«, riefen sie einander zu.

Nancy und ich versuchten zu helfen, aber sie waren solche Wirbelwinde, dass wir kaum Atem fassen konnten, geschweige denn einen Lubber.

Sie waren definitiv kniffliger zu bändigen, als Stoop uns hatte glauben lassen.

Irgendwann hatten die Lubber genug von dem Spiel und machten sich gemeinsam auf den Weg zu der losen Steinplatte, schlüpften hindurch und nahmen so viel Essen und Trinken mit, wie sie tragen konnten.

Einer war noch übrig.

Es war unsere letzte Chance, ihn zu erwischen, bevor auch er in dem Loch verschwand.

Ich passte den richtigen Moment ab … und sprang. Meine Hände schlossen sich um den Lubber. »Hab dich!«, brüllte ich.

Doch der Lubber
hatte andere Pläne.
Er entglitt meiner
Hand wie ein nasses
Seifenstück und schoss
in die Luft.

Nancy sprang
nach links und fing
ihn auf, aber es
erging ihr wie mir.
Wieder schoss der
Lubber in die Höhe.

Ich sprang nach rechts
und hielt ihn ein drittes
Mal fest.*

* Strenggenommen war es
für mich erst das zweite
Mal, aber das dritte,
wenn man Nancys Fang
mitzählt.

Erst beim vierten Versuch gelang es mir, ihn endgültig festzuhalten.

»Steck ihn hier rein«, keuchte Nancy und reichte mir ein leeres Marmeladenglas, das die Lubber ausgeschleckt hatten.

Ich senkte das Glas vorsichtig über den Lubberkopf, so wie man eine Spinne einfängt, um sie nach draußen zu werfen.*

* Obwohl man sie eigentlich gar nicht rauswerfen sollte, denn jede einzelne Spinne frisst mindestens vierzig Käfer am Tag. Das sind mehr als 29 000 im Leben einer durchschnittlichen Spinne, und wer will schon so viele Krabbeltiere im Haus haben?

Es war ziemlich eng, aber egal, wie stark er gegen die Wände seines Glasgefängnisses schlug, der Lubber kam nicht heraus.

Und, Pech für ihn, das Glas war nicht **VOLL-KOMMEN** sauber geschleckt, sodass er sich mit Marmelade beschmierte, und nichts ist ekliger als klebrige Hände und Haare.

»Lasst mich raus!«, bettelte er.

»Nicht um alles in der Welt«, sagte Stoop, der

herübergekommen war, um uns zu unserem Erfolg zu gratulieren. »Und um alles im Universum übrigens auch nicht.« Aber wir wussten alle, dass wir mit dem Glas die kleine Kreatur nicht ewig in Schach halten konnten.

Stoop befahl uns, zu bleiben, wo wir waren, um sicherzustellen, dass der Lubber sich nicht aus dem Staub machte, während er zur Speisekammer eilte, um einen Deckel zu holen.

Nancy, der Lubber und ich blieben allein in der nun stillen Küche zurück.

Da bemerkte ich, dass er aufgehört hatte zu zappeln und stattdessen weinte.

Eingelubbert

»Ich ergebe mich«, jammerte er, hob den Zipfel seiner Kutte hoch und tupfte sich die Augen. »Ihr habt gewonnen. Ihr könnt mich ebenso gut gleich töten, dann ist es vorbei.«

»Wie kommst du darauf, dass wir dich töten wollen?«, fragte ich und fühlte mich schlecht, weil der Lubber mich für einen Jungen hielt, der für ein paar entwendete Biskuitrollen die Todesstrafe verhängte.

»Warum habt ihr mich sonst gefangen?«, entgegnete er, hob einen anderen Zipfel seiner Kutte und schnäuzte kräftig hinein.* »Macht, dass es schnell geht, mehr verlange ich nicht.«

Er schloss die Augen und forderte uns regelrecht

* *Igitt.*

heraus, uns von unserer **schlechtesten Seite** zu zeigen.

»Wir werden dich wirklich nicht töten«, versprach ich. »Wir wollen nur, dass ihr aufhört, die Schwestern des Perpet … Pertep … ach, was-auch-immer-für-ein Elend jede Nacht zu belästigen.* Sie sind schon elend genug, ohne dass ihr ihnen die Schokokekse klaut.«

»Klauen?« Der Lubber war beleidigt, aber wenigstens hörte er endlich auf zu weinen. »Wir klauen nicht, Bill!«

»Eigentlich heiße ich Jack«, erklärte ich ihm, »und das hier ist Nancy.«

Aber dem Lubber war das egal. Lubber nannten alle Bill, weil sie sich Namen besser merken konnten, wenn alle denselben hatten.

Deshalb hießen sie selbst auch alle Bill.

Ich brachte den Lubber dazu, ganz von vorne anzufangen, fest entschlossen, dem Rätsel auf den Grund zu gehen – oder zumindest nahe genug heranzukommen, um den Grund zu sehen, wenn ich die Augen zusammenkniff.

* *Wann würde ich diesen Namen je aussprechen können?*

Stück für Stück kam die Geschichte ans Licht.

Alles hatte damit begonnen, so erklärte Bill, dass er und seine Lubber-Kollegen gezwungen worden waren, die verfallene Burg auf einem nahe gelegenen Hügel zu verlassen, in der sie jahrelang gelebt hatten, ohne irgendjemanden zu stören.*

»Da saßen wir nun im Moor, Bill, klatschnass und durchgefroren«, sagte der gefangene Lubber, »als ein **geheimnisvoller Fremder** auftauchte und anbot, uns bei der Suche nach einem neuen Zuhause zu helfen.«

»Wer ist dieser **geheimnisvolle Fremde**?«, fragte ich.

»Wer kann das schon sagen?«, antwortete Bill. »Das macht ihn ja gerade so geheimnisvoll und fremd. Wir nannten ihn Bill**, aber wir sahen nie sein Gesicht, weil er es immer unter einer Kapuze verbarg. Er ist derjenige, der uns den Tunnel im Kloster gezeigt hat. Er sagte, wir könnten gerne unter den Steinplatten wohnen, uns nach Herzenslust in der Vorratskammer

---

* *Außer die Nachbarn, die von ihren lauten Partys gestört worden waren.*
** *Das überraschte mich nicht.*

bedienen und sogar die Teller zerschlagen, wenn uns danach sei.«*

»Aber warum will dieser **geheimnisvolle Fremde** den Schwestern des Perpetuellen Elends das Leben schwer machen?«, fragte Nancy.

»Da bin ich überfragt, Bill. Wir wollten ja gar nicht hierher. Wir vermissen unser Schloss ganz fürchterlich.«

»Warum geht ihr dann nicht zurück?«, fragte ich.

»Hast du nicht zugehört?«, sagte Bill. »Wir wurden **GEZWUNGEN ZU GEHEN**.«**

»Von wem?«, fragte Nancy.

Bill senkte die Stimme. Wir drückten unsere Ohren ans Glas, um zu hören, was er sagte.

»Von **Gespenstern**«, flüsterte er.

* Was sie dann auch taten.
** Ich hatte die Bedeutung dieser Worte beim ersten Mal nicht erkannt, weil sie nicht großgeschrieben waren.

Du-weißt-schon-wasse

»**Gespenster?**«, rief ich.

»Nicht so laut!«, zischte Bill, als hätte das Wort
die Macht, noch mehr Gespenster erscheinen zu
lassen.

»Sorry«, sagte ich. »Ich bin noch nie einem G-…,
ich meine, einem Du-weißt-schon-was begegnet.«

»Da hast du Glück«, sagte er. »Denn die sind
nicht nur verschreckend. Und nicht nur beängstigend. Sie sind VERSCHRÄNGSTIGEND!«

Mehr brauchte er nicht zu sagen. Mit ver-
schrängstigenden Geschöpfen kannte ich mich aus.

»Natürlich sind wir geflohen«, fuhr er fort. »Wir
sind nicht geblieben, um uns bespenstern zu lassen.«

»Wenn also jemand euer Schloss von den **Du-
weißt-schon-wassen** befreien kann, werdet
ihr wieder nach Hause gehen?«, fragte Nancy.

»Aber ratzfatz!«, sagte Bill. »Warum sollten wir für den Rest unseres Lubberlebens hierbleiben? Das Essen ist ein bisschen zu üppig für meinen Geschmack, Bill, und, unter uns gesagt, manchmal kommt da unten ein ganz **fürchterlicher Gestank** aus der Tiefe.«

Ich erwähnte lieber nicht, dass der Gestank höchstwahrscheinlich aus der mit Monstern proppenvollen **Unterwelt** stammte, auf der Kloster Muckel errichtet worden war. Bill wirkte auch so schon nervös genug.

Nancy und ich sahen uns an und nickten. Wir hatten beide dieselbe Idee. Wenn sie funktionierte, wären alle Probleme gelöst.

Okay, vielleicht nicht ALLE, aber alle Probleme der Bewohner von Muckel, und das wäre immerhin ein Anfang.

Ich fragte Bill, wo dieses verfallene Schloss zu finden sei. Als wir sicher waren, dass wir die genaue Wegbeschreibung hatten, hob ich das Glas hoch und ließ ihn frei. Er lief erleichtert im Kreis herum, bedankte sich immer wieder bei uns und versprach, dass die Lubber uns zu Hilfe kommen würden, falls wir einmal in der Klemme stecken und Hilfe brauchen sollten.*

»Ich bin zuversichtlich, dass wir vor Ende dieses Abenteuers nicht darauf angewiesen sein werden«, sagte ich optimistisch, als er wieder in das Loch hinabstieg und die Steinplatte über sich zuzog. »Aber trotzdem danke für das Angebot.«

»Wo ist er hin?«, fragte Stoop, der einen Moment später aus der Speisekammer zurückkam.

»Er hat das Glas umgestoßen und ist uns entwischt«, sagte ich. »Wir haben versucht, ihn wieder einzufangen, nicht wahr, Nancy, aber durch die klebrige Marmelade war er glitschiger denn je.«

»Er war unsere Verhandlungsmasse!«, schimpfte Stoop. »Ich hatte vor, ihn als Geisel zu nehmen, bis die anderen Lubber auf unsere Forderungen eingehen.«

»Dann hätten Sie schneller zurückkommen müssen«, sagte Nancy. »Warum haben Sie so lange gebraucht?«

»Ich konnte keinen Deckel in der richtigen Größe finden«, sagte Stoop verlegen, aber der Klecks

* *So sind sie, die Lubber.*

110

Schlagsahne auf der Spitze seiner roten Nase sagte etwas anderes.

»Sie haben Biskuitrollen genascht, stimmt's?«, warf ich ihm vor.

»Vielleicht ein oder zwei Stückchen«, gab er zu.

»Wohl eher ein oder zwei ROLLEN«, murmelte ich, denn ich kannte Stoop.

»Ihr wollt ja wohl nicht andeuten, dass es meine Schuld ist«, entgegnete Stoop, während er schielend die Zunge ausstreckte, um das letzte bisschen Sahne zu erwischen.* »Darf ich euch daran erinnern, dass ihr es wart, die unseren einzigen Lubber verloren haben?«

»Für einen großen Monsterjäger wie Sie müsste es doch ein Klacks sein, noch einen zu fangen«, sagte Nancy grinsend. »Sozusagen ein Sahneklacks. Sie haben es selbst gesagt – es sind ja nur Lubber.«

Ein Kichern unter den Steinplatten verriet uns, dass die Bills den Scherz zu schätzen wussten.

---

* *Ich weiß nicht, warum er nicht einfach den Finger genommen hat. Das hätte ich getan.*

Nicht drüber schlafen

»Das könnt ihr vergessen. Ich suche heute Abend bestimmt nicht nach Gespenstern«, sagte Stoop, als wir nach Muckel zurückstapften und Nancy und ich ihn über unsere neuesten Erkenntnisse informierten. »In diesem Schloss ist es garantiert schwärzer als im Schnabel eines Raben.«*

»Sie haben doch keine Angst, oder?«, fragte Nancy.

»Werd mir nicht frech«, sagte Stoop. »Meine einzige Angst ist die, dass mir eines Tages der Kohl ausgeht. Aber es ist schon spät und ich brauche meinen Schönheitsschlaf. Ich bin mir nicht einmal sicher, ob es Gespenster überhaupt gibt, aber wenn, dann werden sie morgen früh auch noch da sein, oder etwa nicht?«

* Stoop konnte sehr poetisch sein, wenn er wollte.

Als wir das Gasthaus *Zur häuslichen Schmugglerin* erreichten, waren die meisten Lichter im Dorf bereits erloschen, bis auf eins oder zwei in den oberen Zimmern. Unsere Schritte hallten laut durch die leeren Gassen.

Nancy ging in ihr Zimmer, und Stoop und ich gingen in unseres. Er ließ sich sofort auf sein Bett fallen und war innerhalb weniger Augenblicke fest eingeschlafen.*

Er schnarchte so laut, dass er mit jedem neuen Rumpeln ein paar Zentimeter im Bett nach unten rutschte.

Ich legte mich auf mein Bett und versuchte zu schlafen. Das hätte nicht schwer sein sollen. Es war weit nach Mitternacht und ich war schon seit STUNDEN wach.

Doch es half nichts. Ich konnte nicht einschlafen, ohne ein paar Seiten in *Monsterjagen für Fortgeschrittene* zu lesen.

Ich wollte Stoop nicht wecken, denn dann wäre er noch mürrischer geworden als sonst, und noch

---

* *Er putzte sich nicht mal die Zähne, obwohl er Biskuitrollen genascht hatte.*

mürrischer als sonst wäre zu dieser Uhrzeit eindeutig zu viel der Mürrischkeit gewesen.

Ich kroch unter die Decke und schaltete die Taschenlampe ein, aber manchmal ist das Buch in einer **noch weniger hilfreichen Stimmung als sonst**, und an jenem Abend war genau das der Fall.

Hast du schon mal eine Kreatur gesehen, die wie ein Hundertfüßer aussieht, aber drei Meter lang ist, 1.000 Beine hat statt 100, knallblaue Nadeln als Reißzähne und einen Heißhunger auf Kinderniere? Nein? Tja, gleich wirst du sie sehen, denn sie ist gerade unter deine Bettdecke gekrabbelt. Haarh! Scherz. In Wahrheit ist sie vier Meter lang. Haaaaarh! Scherz. In Wahrheit sind ihre Reißzähne knallorange. Haaaaarrrrrh! Scherz. Sie hat auch eine Vorliebe für Kinderleber. Haaaaaarrrrrrhhh! Scherz. (Diesmal wirklich.) Tut mir leid, aber ein bisschen Spaß muss sein!

Ein Husten draußen auf der Straße ließ mich aufschrecken. Ich klappte das Buch zu und knipste die Taschenlampe aus.

Ich zwang mich, den Schutz meiner Decke zu verlassen, und tappte vorsichtig zum Fenster, wobei ich über Stoop stolperte, der sich vom Bett geschnarcht hatte und nun mit dem Gesicht nach unten und dem Hintern nach oben auf einem Deckenberg lag.

Ich spähte durch einen Spalt in den Fensterläden.

Unten stand eine Gestalt mit Kapuze. Ihr Gesicht konnte ich nicht sehen, aber sie schaute eindeutig zu unserem Fenster hinauf.

Konnte dies der **geheimnisvolle Fremde** sein, von dem Bill der Lubber gesprochen hatte?

Meine Neugier siegte über meine Angst. Ich zog meine Stiefel an und schlich mich aus dem Zimmer, die Treppe hinunter zur Tür des Gasthauses und schlüpfte hinaus, um den vermummten Beobachter auf frischer Tat zu ertappen.

Doch es war niemand da.

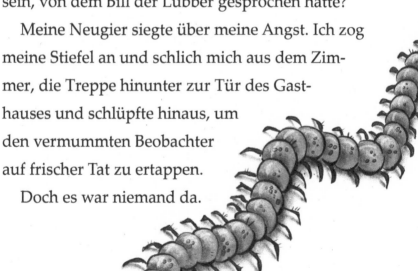

FGDS

»Psst!«

Das Zischen hörte sich an wie ein Loch im Fahrradreifen, aber ich nahm mein Fahrrad nur selten mit auf Monsterjagd, weil es so schwer war, also konnte es das nicht sein.

Das »Psst« sollte wohl meine Aufmerksamkeit erregen.

»Nancy, bist du das?«, fragte ich den Nancy-förmigen Umriss, der plötzlich aus dem Nichts in der Dunkelheit aufgetaucht war.

»Du stellst ganz schön dumme Fragen, Jack«, kam die Antwort, als der Schein der Straßenlaterne auf ihr Gesicht fiel. »Wen bitte kennst du noch, der genauso aussieht wie ich?«

»Na ja, du hättest auch ein Knochenloser sein können«, sagte ich.

Von diesem Geschöpf hatte Nancy noch nie gehört.

Ich nahm *Monsterjagen für Fortgeschrittene* heraus und zeigte ihr die richtige Seite.*

Knochenlose

Manchmal erscheinen Knochenlose in der Gestalt eines Fuchses. Manchmal in der eines Nilpferds. Oder eines Totenwächterkäfers. Kolibris sind auch eine häufige Wahl. Ebenso wie Sattelschweine, Schneehühner, Seidenäffchen, Molche, Yorkshireterrier und Kaiserschnurrbarttamarine. Wenn die Umstände es erfordern, kann es sogar eine Geburtshelferkröte sein. Damit will ich sagen, dass der Knochenlose im Handumdrehen seine Gestalt ändern kann, oder auch im Fußumdrehen, falls keine Hand vorhanden ist, sodass er wie jede beliebige Kreatur aussehen kann. Niemand kennt seine wahre Gestalt. Nicht einmal der Knochenlose selbst. Ziemlich traurig, wenn man darüber

* *Es wäre auch sinnlos gewesen, ihr die falsche zu zeigen.*

nachdenkt. Aber nicht so traurig wie du sein wirst, wenn du einen triffst, denn die einzige Tätigkeit, die dem Knochenlosen hilft, seine Traurigkeit zu vergessen, ist das Verspeisen aller, die er trifft. Hier ein Bild von einem netten kleinen Häschen, das ein Knochenloser sein könnte, vermutlich aber keiner ist.

lange Barthaare

Löffelohren

Puschel- schwanz

»Verstehe ich das richtig«, fragte Nancy nun. »Ein Knochenloser kann jede Gestalt annehmen?«

»So ist es.«

»Woher weißt du dann, dass ICH kein Knochenloser bin? Ich könnte einer sein. Ich könnte Nancys Gestalt nur angenommen haben, um dich in einem FGDS zu wiegen.«

»FGDS?«

»In einem **Falschen Gefühl der Sicherheit**. Damit lullen Monster ihre Opfer oft ein, um sie leichter töten zu können.«

»BIST du denn ein Knochenloser?«, fragte ich.

»Wer weiß? Du wirst es schon noch herausfinden«, antwortete sie mit einem Kichern.

Es tat gut, sie kichern zu hören.

Ein Knochenloser konnte vielleicht Nancys Aussehen annehmen, aber nur Nancy konnte dieses Nancy-Geräusch von sich geben.

»Was machst du überhaupt hier draußen?«, fragte ich jetzt ohne Furcht.

»Dasselbe könnte ich dich fragen.«

»Hier war jemand, der zu unserem Fenster hochgestarrt hat«, sagte ich. »Ich dachte, es könnte der **geheimnisvolle Fremde** sein.«

»Ach, deshalb bist du nach unten geschlichen. Ich wusste gleich, dass du **etwas im Schilde führst**, als ich dich auf Zehenspitzen an meiner Tür vorbeipirschen hörte. Ich dachte schon, du würdest ohne mich zum Schloss gehen, um nach den Gespenstern zu suchen.«

»Das würde ich niemals tun«, beteuerte ich.

»Das hätte mich auch überrascht. Aber da wir nun schon mal hier sind, warum gehen wir nicht zusammen hin?«

»Jetzt?«, fragte ich nervös.

»Was du heute kannst besorgen, das verschiebe nicht auf morgen«, sagte Nancy, die niemals ein NEIN akzeptierte, es sei denn, NEIN war die Antwort, die sie hören wollte. In dem Fall akzeptierte sie kein JA.

Als wir uns auf den Weg machten, begann es zu nieseln.

Ich schlug meinen Kragen hoch und wünschte, ich hätte meinen Mantel angezogen, aber ich wusste, dass ich mich nicht noch einmal hinauswagen würde, wenn ich zurückginge, um ihn zu holen.

Wir waren noch nicht weit gekommen, als mir klar wurde, dass es einfacher wäre, in der Dunkelheit und im Regen ein Schloss zu finden, wenn wir etwa sehen könnten.

Also knipste ich meine Taschenlampe an.

Nancy ergriff meinen Arm.

Ich ergriff ihren.

Wir schluckten.

Vor uns stand ein großes Tier mit flammenden Augen. Es stampfte mit den Hufen und aus seinen Nüstern quoll Rauch.

Einfach drauflos

Normalerweise würde ich in einer solchen Situation in *Monsterjagen für Fortgeschrittene* nachschlagen, wie man den Feind erkennt und besiegt, aber jetzt war definitiv nicht der richtige Zeitpunkt zum Lesen.

Die gute Nachricht war, dass das hufestampfende, flammenäugige, rauchpustende Monster uns noch nicht angegriffen hatte.

Das gab uns die Chance, einen genaueren Blick darauf zu werfen.

»Das sind keine Flammen«, sagte Nancy nach einer Weile. »Das ist die Taschenlampe, die sich in seinen Augen spiegelt.«

Und aus den Nasenlöchern quoll auch kein Rauch. Das war nur sein Atem in der kalten Luft.

Und für das Hufestampfen gab es eine noch weniger schreckliche Erklärung.

»Es ist gar kein Monster«, sagte ich und lachte vor Erleichterung. »Es ist ein Pferd.«

Das Pferd kam durch den Regen auf uns zugetrottet, bis es nah genug war, dass wir die Hand ausstrecken und seine nasse Mähne streicheln konnten.

Jedes Mal, wenn wir aufhörten es zu streicheln, stieß uns das Pferd sanft mit der Schnauze an, damit wir weitermachten.

Ich hatte keine Angst.

Ich wusste, dass dieses Geschöpf nicht wild sein konnte, denn es trug ein Zaumzeug um den Hals. Es war das hässlichste Zaumzeug, das ich je gesehen hatte, mit Metallnieten, wie Tante Brunhilda sie an ihren Stiefeln gehabt hatte, und mit klirrenden Ketten als Zügel. Aber Pferde tragen nur dann Zaumzeug, wenn sie jemandem gehören.

»Wir müssen jetzt los, Pferdchen«, sagte ich nach einer Weile und wünschte, mir würde ein besserer Name einfallen, aber ich wollte unbedingt das von Geistern heimgesuchte Lubberschloss erreichen, bevor ich vollends die Nerven verlor.

Nancy und ich versuchten, um das Pferd herumzugehen. Es trat zur Seite und versperrte uns den Weg.

Wir gingen in die andere Richtung.

Wieder versperrte es uns den Weg.

»Du willst, dass wir auf dir reiten, was?«, fragte Nancy. »Heute nicht. Wir haben noch zu tun.«

Das Pferd blieb hartnäckig.

Vielleicht hatte es Hunger?

Ich kramte in meinen Taschen nach etwas, das ein Pferd gerne fressen würde.

In der linken Tasche war ein Lutscher, der schon so lange dort gelegen hatte, dass er geschmolzen war und am Futter klebte. Ich hätte einen Meißel gebraucht, um ihn abzukriegen!

In der rechten Tasche fand ich ein Würstchen im Schlafrock.

Ich hatte immer eins dabei, falls ich beim Monsterjagen Hunger bekam.

Ich hatte keine Ahnung, ob Pferde Würstchen im Schlafrock mochten, aber wer tut das nicht?

Ich hielt es ihm zum Knabbern hin. Es verschlang den Snack in zwei Happen und rülpste dann tief und zufrieden.

Ich beschloss, es so zu sehen, dass ich kein
Würstchen im Schlafrock verloren, sondern einen
Freund gewonnen hatte.

»Können wir jetzt gehen?«

Das Pferd machte einen Schritt zur Seite und ließ
uns durch. Dabei wieherte es leise, wie zum Dank.
Als ich mich noch einmal nach ihm umdrehte, war
es wie vom Erdboden verschluckt.

Jetzt war es nicht mehr weit bis zum Schloss. Aus
der Dunkelheit drang ein düsteres Stöhnen.

Es hätte der Wind sein können. Aber es war
nicht windig.

Was konnte es nur sein?

Viele Monster geben ein unheimliches Geheul von
sich. Es ist eins der gängigsten Monstergeräusche.

Heuler zum Beispiel.

OOOOOOHHHH!

Heuler

Heuler sind für einen Großteil der seltsamen Geräusche verantwortlich, die spät in der Nacht auf einsamen Straßen zu hören sind (und sogar auf Straßen, die viele Freunde haben). Sie heulen auch vor Stürmen. Aufgrund ihrer Fähigkeit, das Wetter vorherzusagen, eignen sie sich ideal für die Rehabilitation nach ihrer Gefangennahme. Viele von ihnen sind zu berühmten Wettervorhersagern im Fernsehen geworden, auch wenn es eins der großen Rätsel des Lebens ist, warum jemand dafür berühmt wird, dass er für morgen eine 36-prozentige Regenwahrscheinlichkeit ankündigt.

Dieses Heulen kam nicht von einem
Heuler.

Es kam von der Burg der Lubber. Schmuck
wie ein Pfefferstreuer stand sie, wie die
meisten Burgen, auf einem Hügel am Ende der
Straße. Nancy und ich traten durch den Eingang
und stiegen die Treppe in einen der oberen Räume
hinauf, in dem es nichts gab außer einem Tisch
und zwei Stühlen.

Es gab nicht einmal eine Decke, denn die
war eingestürzt und es regnete herein.
Die beiden Stühle waren besetzt.

In Geschichten werden Gespenster oft wie
wallende weiße Laken mit Löchern auf Augen-
höhe dargestellt. Im wahren Leben sehen Gespenster natürlich ganz anders aus. Es sind Menschen,
die nach ihrem Tod auf der Erde festsitzen, und sie
sehen auch wie die ganz normalen Menschen aus,
die sie mal waren, nur etwas durchsichtiger, als
bestünden sie aus Rauch.

Für die beiden Gespenster, die auf den
Stühlen im Lubberschloss saßen und
schwach von innen heraus schimmer-

ten, galt das nicht. Sie sahen GENAUSO aus, als hätten sie sich zu Halloween als Gespenster verkleidet, indem sie sich Laken mit Augenlöchern übergeworfen hatten.

Man hätte sie auch gut als Tischdecken verwenden können.

Immer abwechselnd sagten sie: »Oooooooh!«

Das war das Geheul, das wir gehört hatten.

»Oooooooh!«, sagte das erste Gespenst.*

»Oooooooh!«, sagte das zweite.**

Dann startete das zweite Gespenst eine neue Oooooooh-Runde.

»Oooooooh!«, stöhnte es.

»Oooooooh doch selber!«, erwiderte das erste, mit einem Extra-Oooooooh! als Zugabe.

Sie hatten wirklich Spaß am Oooooooohen.

»Oooooooh!«, kreischten sie, als sie uns sahen. »Schleicht euch nicht so an. Ihr habt uns erschreckt!«

»Wir haben EUCH erschreckt?«, sagte ich. »Wir sind doch diejenigen, die Angst haben sollten!«

---

* So nannte ich es, weil es uns am nächsten war.
** Ihr kommt sicher selbst darauf, warum ich es so nannte.

Die Gespenster sahen einander so verwundert an, wie es ein paar Laken nur können.*

»Warum sollte jemand vor uns Angst haben?«

»Na ja, weil ihr … ihr wisst schon … Gespenster seid«, sagte ich vorsichtig, nur für den Fall, dass sie empfindlich reagierten, weil sie … noch mal ihr wisst schon … tot waren.

»Ja, das wissen wir«, sagte das zweite Gespenst. »Wer wüsste es besser als wir? Aber wir tun nichts Böses. Wir sitzen nur hier, wo wir niemanden stören, und sagen **Ooooooooooh**.«

Es folgte eine weitere **Ooooooooooh**-Runde.

»Ich bin übrigens Mop«, sagte das erste Gespenst, als sie eine Weile pausierten.**

»Freut mich sehr, dich kennenzulernen, Übrigens Mop«, sagte Nancy respektvoll.

»Ich heiße nicht Übrigens Mop, sondern einfach nur Mop. Und damit meine ich nicht Einfach Nur Mop. Ich meine *Mop*. Und das ist mein guter Freund Mo.«

»Das Vergnügen ist ganz unsererseits«, sagte Mo. »Wir bekommen nicht mehr so viele Besucher

* *Also nicht sehr verwundert, um ehrlich zu sein.*
** *Das ständige Ooooooohen musste ermüdend sein.*

128

wie früher, als wir noch lebten. Wir würden euch ja eine Tasse Tee anbieten, aber wir haben leider kein Feuer, um den Kessel aufzusetzen.«

Beide blickten traurig auf die Feuerstelle, die leer war, bis auf einen Haufen Zweige mit einem Vogelnest, das durch den Schornstein heruntergefallen war. Der Vogel saß noch drin.*

»Selbst wenn es ein Feuer gäbe, um den Kessel zu heizen«, gab Mop zu, »hätten wir auch keinen Kessel.«

»Oder Tassen«, fügte Mo hinzu.

»Außerdem können wir nicht trinken«, sagte Mop. »Wir haben es einmal versucht, aber der Tee ist einfach durch uns durchgetropft.«

Der Regen, der durchs Dach kam, regnete durch sie hindurch.

Nancy und ich hatten Mitleid mit ihnen und sagten, dass das sicher ein sehr unangenehmes** Gefühl sein musste.

Wir plauderten so nett mit ihnen, dass es uns schwerfiel, ihnen zu sagen, warum wir gekommen waren. Aber das waren wir den Lubbern schuldig.

»Na los«, sagte Nancy. »Sag du es ihnen.«

---

* *Er schlief gerade fest und kümmerte sich nicht um das Geooooooohe.*
** *Und auch kitzliges.*

Gruseliger als OOOooooHHHH

»Was sind Lubber?«, fragten die Gespenster, nachdem ich ihnen die Lage erklärt hatte.

Ich griff nach dem *Monsterjägerhandbuch* und zeigte ihnen den Lubber darin, damit sie sich ein Bild von den Winzlingen machen konnten.*

»Das sind doch die kleinen Kerlchen, die hier waren, als wir eingezogen sind«, sagte Mop.

»Wir hatten kaum den Kopf durch die Tür gesteckt – buchstäblich DURCH die Tür –, als sie alle losschrien und davonliefen«, erinnerte sich Mo.

»Dinge, die KEINE Gespenster sind, haben oft Angst vor Dingen, DIE welche sind«, erklärte Nancy.

»Aber wir sind doch gar nicht unheimlich«, sagte Mop. »Findest du uns etwa unheimlich?«

---

* *Wie alle, die dieses Buch lesen, bereits wissen.*

Nancy musste zugeben, dass sie das nicht tat.
Sogar das **Ooooooooooh** klang aus der Nähe
weniger furchtbar.

Wahrscheinlich hätte ich selbst ein
haarsträubenderes hinbekommen.

Ich probierte es aus.

»Oooooooooooooh!«

Mop und Mo fanden, es sei eine sehr gute Leis-
tung für jemanden, der nicht tot war, aber ich vermute, sie wollten nur höflich sein.

»Ooooooooooooooooooh!«, machte Nancy
und brachte das bisher beeindruckendste hervor.

Ich war wirklich etwas erschrocken, obwohl ich
wusste, dass sie kein Gespenst war. Mop und Mo
gratulierten ihr herzlich und sagten, sie dürfe sich
gern ihrer Oooooooohhh-Gruppe anschließen.

»Es ist so«, sagte ich, »dieses Schloss gehört den
Lubbern. Ihr sehnlichster Wunsch ist es, wieder-
zukommen und hier zu leben, aber das geht nicht,
solange ihr hier seid und sie Angst vor euch haben.
Sie können nichts dafür. Sie hatten einfach noch
nicht die Gelegenheit, euch so gut kennenzulernen

wie wir. Ich frage nur ungern, aber gibt es vielleicht einen anderen Ort, an dem ihr wohnen könntet?«

»**Oooooooooh,** es gab einen«, sagte Mo. »Wir hatten ein schönes Haus, nicht wahr, Mop? Wir hatten es so hübsch eingerichtet, genau wie wir es mögen.«

»Ihr hättet unsere Vorhänge sehen sollen. Wir wünschten oft, wir wären auch so bunt.« Mop sah wehmütig aus. »Es kann langweilig werden, ein einfarbiges Gespenst zu sein. Gemusterte Gespenster haben viel mehr Spaß.«

»Na, seht ihr«, sagte Nancy. »Wenn ihr in euer Haus zurückkehrt, können die Lubber hierher zurückkommen, und alles wird wieder wie früher.«

»Genau das wollten wir gerade sagen«, riefen Mop und Mo. »Das geht nicht!«

Und dann berichteten sie, wie ihr friedliches Dasein in dem Haus mit den hübschen Vorhängen durch ein **Überirdisches Wehklagen** vor ihrem Schlafzimmerfenster gestört worden war.

»Überirdischer als Nancys **Oooooooooooh?**«, fragte ich.

»Viel überirdischer!«

»Das IST überirdisch«, sagte ich.

»Nacht für Nacht ging das so«, sagte Mop. »Wir konnten kein Auge mehr zutun.«

»Und wenn wir nicht mindestens zehn Stunden Schlaf bekommen«, sagte Mo, »wachen wir völlig zerknittert auf. Ihr hättet sehen sollen, wie wir damals aussahen. Wir hatten nicht mal ein Bügeleisen, um uns zu glätten.«

»Und woher kam das Wehklagen?«, fragte ich.

»Das können wir nicht mit Sicherheit sagen, aber wir verdächtigen das Monster von Loch Less.«

Ich runzelte die Stirn. Irgendetwas an dieser Schauergeschichte **passte nicht zusammen**. Stoop hatte gesagt, Lessie lebe schon seit Jahrhunderten in Loch Less. Warum sollte sie plötzlich angefangen haben, so laut zu jammern, dass es Gespenster um den Schlaf brachte?

Es sei denn, irgendetwas hatte auch SIE gestört …

»Wer hat euch gesagt, dass es Lessie war?«, erkundigte sich Nancy.

Wir hätten ahnen können, was als Nächstes kam. Es war derselbe **geheimnisvolle Fremde**, der den Lubbern eingeredet hatte, sie wären in Kloster Muckel willkommen.

»Er hat uns versichert, dieses Schloss stünde leer, deshalb sind wir sofort eingezogen«, sagte Mop, »nur um festzustellen, dass es hier von Luggern, oder wie auch immer die heißen, nur so wimmelte. Wir waren bereit zu teilen – wir sind ja keine Unmenschen, nicht wahr, Mo? –, aber sie sind geflohen, bevor wir auch nur Guten Tag sagen konnten.«

Zum zweiten Mal an diesem Abend wechselten Nancy und ich vielsagende Blicke, während wir einen neuen Plan ersannen.

Genau genommen war es Teil B unseres ursprünglichen Plans, aber es kam ja nur darauf an, ob er funktionierte, und nicht, wie er hieß.

»Ihr würdet also in euer Haus zurückkehren und die Lubber könnten wieder in ihr Schloss, wenn wir Lessie dazu bringen, nicht mehr jede Nacht vor eurem Fenster zu klagen?«, fragte ich.

»Ehrensache!«, sagte Mop. »Wir können unmöglich hierbleiben, wenn das Schloss jemand anderem gehört.«

Das war alles, was wir wissen mussten.

Drei sind
einer zu viel

Als ich am nächsten Morgen aufwachte, stand
Stoop neben meinem Bett und schüttelte missbilligend den Kopf.

»Du hast das Frühstück verpasst«, schimpfte er.
»Welcher anständige Monsterjäger verpasst das
Frühstück? Ich sage es dir: einer, der auch das Mittagessen und die Kaffeepause verpasst! Und was
macht er dann? Sollte mich nicht wundern, wenn er
auch das Abendessen auslässt. So rutscht man ins
Verderben, Jack!«

»Ich hatte eine schlaflose Nacht«, gähnte ich,
aber Stoop ließ mich nicht ausreden.

»DU hattest eine schlaflose Nacht?«, rief er. »ICH
bin mit dem Gesicht auf dem Boden und dem Hintern in der Luft aufgewacht. Das ist keine gute
Schlafposition, das kann ich dir sagen!«

Wenn Stoop einmal in Fahrt war, konnte er stundenlang weiterzetern. Ich wartete, bis er eine Atempause einlegte, bevor ich aus dem Bett sprang und ihn über unseren aufregenden Abend informierte.

»Sie sehen also«, schloss ich, »wir müssen nur das Monster von Loch Less finden und es bitten, mit dem Geheule aufzuhören, dann können Mop und Mo zurück in ihr Haus, und die Lubber können zurück in ihr Schloss, und die Schwestern des Potpip ... Prepop ... Pisspott ... – ach, Sie wissen schon, wen ich meine! – brauchen Kloster Muckel nicht zu verlassen, und alles wird wieder wie früher.«

»Du bist ohne mich zum Schloss gegangen?«, fragte Stoop, als ich fertig war. »Du bist mein Lehrling, Jack. Du darfst nicht ohne einen erfahrenen Monsterjäger auf **gefährliche Missionen** gehen!«

»Mop und Mo sind doch gar nicht gefährlich.«

»Ja, aber das wusstest du vorher nicht, oder?«, erinnerte er mich. »Im Regelwerk der *Internationalen Monsterjägerliga* steht unmissverständlich, dass *totale Anfänger* und *gerade erst Fortgeschrittene* immer von einem voll qualifizierten Ausbilder begleitet werden müssen. Und das bin ich. Ich habe Abzeichen, die das beweisen und alles.«

»Tut mir leid«, sagte ich, denn ich wollte nicht mit ihm streiten. »Nancy und ich wollten nur helfen.«

»Nancy, Nancy, Nancy!«, schnaubte Stoop. »Ich höre immer nur Nancy. Wenn du mich fragst, ist dieses Mädchen ein **schlechter Einfluss**.«

»Wie haben Sie mich genannt?«

Wir drehten uns um und sahen Nancy mit verschränkten Armen in der Tür stehen.

Wenn überhaupt, dann machte das Stoop nur noch sturer.*

»Ich habe gesagt, dass du ein **schlechter Einfluss** bist, und ich habe es auch so gemeint«, sagte er. »Ich verbiete dir hiermit, an unseren künftigen Abenteuern teilzunehmen, Nancy. Ich habe keinen Vertrag mit dir. Mein Vertrag besteht mit Jack. Du bist nur …« – er rang um das richtige Wort – »eine Handlangerin.«

»Nancy ist keine Handlangerin!«, rief ich.

»Natürlich nicht«, sagte Nancy. »Sie sind bloß

---

* Ich weiß nicht, ob man stur steigern kann, aber man sollte es können.

sauer, weil ich Sie letzte Woche im Armdrücken geschlagen habe. Sieben Mal hintereinander.«

»Aber nur, weil ich dich geschont habe.«

»Sie hat Sie auch gerettet, als die **Riesenkrabbe** Sie am Bart gepackt hat und in einen bodenlosen Brunnen werfen wollte«, erinnerte ich ihn. »Ohne Nancy wären Sie **hinüber** gewesen.«

»**Riesenkrabbe** hin oder her, mein Entschluss steht fest«, sagte Stoop. »Ich habe zugestimmt, dich auszubilden. Nicht sie. Das war kein **Eins-zahlen-zwei-kriegen-Sonderangebot**!«

»Sie haben nicht ZUGESTIMMT, mich auszubilden. Sie haben mich REINGELEGT, falls Sie es vergessen haben.«*

»Das tut hier nichts zur Sache«, beharrte Stoop. »Gut, ein bisschen vielleicht, aber so oder so, ich werde nicht nachgeben.«

»Es ist unfair, jemanden zu zwingen, sich zwischen zwei Freunden zu entscheiden«, sagte ich traurig. »So unfair, als würde man Sie zwingen, sich zwischen Mittag- und Abendessen zu entscheiden.«

---

* *Das wird alles in meinem ersten Abenteuer erklärt.*

»Sprich mit dem Bart, denn die Ohren hören nicht zu. Aber beeil dich mit deiner Entscheidung«, sagte Stoop. »Wenn du Lessie finden und bitten willst, mit dem Geheule aufzuhören, damit die Geister in ihr Haus und die Lubber in ihr Schloss zurückkönnen, dann brauchst du ein Boot – und zufällig weiß ich genau das richtige Boot für diese Aufgabe.«

Ich schaute von Stoop zu Nancy … und von Nancy zu Stoop … aber das ganze Hin und Her machte meine Entscheidung kein bisschen leichter. Ich bekam davon nur Nackenschmerzen.

»Ist schon gut, Jack«, sagte Nancy schließlich. »Du kannst ohne mich gehen.«

»Wirklich?«, fragte ich, denn wenn es eins gab, was Nancy liebte, dann war es, mittendrin im Geschehen zu sein.

»Wirklich«, sagte sie.

»Es ist deine Pflicht

als Monsterjäger, Lessie zu finden und alles wieder in Ordnung zu bringen. Ich warte hier, bis du zurückkommst. Dann kannst du mir alles erzählen.«

Ich fühlte mich schrecklich, weil ich sie zurücklassen musste, aber was sollte ich sonst tun? Die Lage zu retten war meine **oberste Pflicht**. Düster zog ich meine Stiefel an und folgte Stoop hinunter zum Hafen.

Ein entscheidender Unterschied

Wie sich herausstellte, lag sowieso nur ein einziges Boot im Hafen von Muckel vor Anker.

Es hieß *Fette Beute* und war vollgestopft mit Fässern und Kisten mit Vorhängeschlössern, auf denen **FINGER WEG!** stand.

An Deck war eine junge Frau mit einem Dreispitz-Hut. Sie trug einen langen Mantel mit glänzenden Knöpfen, der offen stand und die sackartigsten Hosen offenbarte, die ich je gesehen hatte. In jedes Bein hätten sechs Personen gepasst, und es wäre immer noch Platz für Besuch gewesen.

»Das ist Rochester«, sagte Stoop. »Sie ist die Schmugglerin, in deren Gasthaus wir übernachten. Ich habe sie heute Morgen beim Frühstück kennengelernt, als ich mir meine vierte Portion Würstchen

schmecken ließ. Vielleicht war es auch die fünfte.
Ich habe nicht mitgezählt.«

»Mein Bruder sagt, es war die sechste«, bemerkte
Rochester und lüftete zur Begrüßung ihren Hut,
sodass ihr langes Haar herausfiel. »Er musste für
morgen Extrawürste bestellen.«

»Ich hatte erwartet, dass Sie eine Augenklappe,
ein Holzbein und einen Papagei haben«,
gab ich zu.

»Du denkst an Piraten«,
sagte sie. »Diese Verwechs-
lung kommt öfter vor.«

»Gibt es da einen Unter-
schied?«, fragte ich.

»Und was für einen! Piraten
sind grausam und blutrünstig.
Sehe ich grausam und blutrünstig
aus?«

Ich versicherte ihr, dass dem
nicht so war.

»Ein Papagei wäre ein guter Ge-
fährte auf den langen Schmuggel-

reisen«, räumte sie ein. »Ich hatte mal ein Rotkehlchen, aber das wurde seekrank, sobald das Schiff den Hafen verließ, deshalb musste ich es bei Crabbit lassen.«

»Wie dem auch sei«, schnauzte Stoop ungeduldig und wechselte das Thema, wie er es wohl immer tat, wenn die Sprache auf seinen Vater kam. »Rochester, wir brauchen dein Boot für ein oder zwei Stündchen Monsterjagd.«

»Was springt dabei für mich heraus?«, fragte Rochester.

Stoop zückte wieder einmal seine goldene Karte der *Internationalen Monsterjägerliga* und bot der Schmugglerin an, sie ihr nächsten Monat für zwei Nachmittage* auszuleihen, wenn wir dafür die *Fette Beute* nutzen dürften.

»So viel Kohl, wie ich essen kann?«, sagte Rochester. »Wie kann ich da Nein sagen? Hüpft an Bord!«

Wer hätte gedacht, dass es noch jemanden auf der Welt gab, der so kohlverrückt war wie Stoop?

---

* *Oder auch drei, wenn Sie darauf bestand.*

Mann über Bord

Eine halbe Stunde später stand ich auf einem Schiff mitten im Loch Less, eingezwängt in einen Taucheranzug, bereit für meine Begegnung mit Lessie.

»Damals, als ich anfing, gab es noch keinen solchen Firlefanz«, murrte Stoop und zog die Verschlüsse stramm, damit nach dem Untertauchen kein Wasser in den Anzug drang. »Ich wurde einfach ins kalte Wasser geworfen. Buchstäblich. Im örtlichen Schwimmbad hatte sich ein Wassermann eingenistet, der alle Gäste mit **gemeinen Bemerkungen** über ihre Schwimmkünste vergraulte. Mir wurde ein Dreizack in die Hand gedrückt und gesagt, ich solle ihn hinausjagen.«

»Warum denn ein Dreizack?«, fragte ich.

»Damit ich wie der Meeresgott Neptun aussah«, antwortete Stoop, als wäre die Antwort offensichtlich. »Er ist der Einzige, den Wassermänner fürchten. Abgesehen von Wasserfrauen, aber das versteht sich von selbst. Vor denen hat sogar Neptun Angst. Steht alles im Buch.«

Wasserfrauen

Wasserfrauen sieht man oft auf Felsen sitzen, wo sie sich die Haare kämmen und Lieder singen, damit liebeskranke Seeleute sich ins Wasser stürzen, um zu ihnen zu kommen. Darüber können Wasserfrauen sich stundenlang kaputtlachen, vor allem, wenn die Seeleute ertrinken, was in der Regel der Fall ist, da sie unter Wasser nicht atmen können. Die einzige Tätigkeit, die Wasserfrauen noch lieber mögen, ist das Braten frisch gefangener Wassermänner über offenem Feuer, wobei sie oft darum streiten, wer die leckersten Teile essen darf. Mit etwas Glück können die bratenden Wassermänner diese Gelegenheit nutzen, um sich zu befreien und wegzuschwimmen, was allerdings die Gefahr birgt, dass sie die Wasserfrauen verärgern. Wenn sie die fliehenden Wassermänner doch noch erwischen, machen sie sich nicht einmal mehr die Mühe, sie zu braten, sondern verputzen sie roh. Man könnte die berechtigte Frage stellen, wie sie auf dem Meeresgrund einen Grill anfeuern. Das kann ich leider nicht beantworten. Ich bin Experte für Monster, nicht für Unterwasser-Unmöglichkeiten.

Wallehaar

Stielaugen

Kiemen

keine Beine

Schwimmhäute zwischen den Fingern

»Sie glauben doch nicht, dass es da unten Wasserfrauen gibt, oder?«, fragte ich und hielt in dem trüben Wasser nach einen Fischschwanz Ausschau.*

»Du wirst größere Probleme als Wasserfrauen haben, wenn Lessie dich erwischt«, sagte Rochester.

»Den Unsinn kannst du dir für die Touristen aufheben«, sagte Stoop. »Ich habe Jack schon gesagt, dass Lessie ungefährlich ist. Ich glaube nicht mal, dass sie hinter dem **Überirdischen Wehklagen** steckt. Früher hat sie nie gewehklagt. Sie wirft zwar manchmal zum Spaß den einen oder anderen Fischer ins Wasser, aber wer freut sich nicht über eine kleine Erfrischung?«

»Sie«, sagte ich. »Deswegen stecke ja auch ICH in diesem Taucheranzug!«

Stoop behauptete weiter, ich müsse mir keine Sorgen machen. Die meisten Leute, die hier tauchten, kämen auch wieder hoch.

Früher oder später.

»Nicht immer lebendig«, fügte er zähneknir-

---

* Wenn ich einen gesehen hätte, hätte der allerdings auch einfach von einem Fisch sein können.

schend hinzu, aber sie wären schließlich selbst schuld, wenn sie sich nicht an die Regeln hielten.

»Vielleicht gehen wir sie lieber noch einmal durch«, sagte ich, als er mir den Taucherhelm aufsetzte und festschraubte.

»Ganz einfach«, sagte er. »Dieser Schlauch hier, der am Helm befestigt ist, versorgt dich mit Sauerstoff. Aber der Vorrat in der Flasche ist nicht unbegrenzt, und ich möchte keine Ersatzflasche kaufen, also bleib nicht zu lange unten. Wenn du wieder hochkommen willst, ziehst du am Schlauch, und wir erledigen den Rest. Hast du verstanden?«

»Ich glaube schon«, sagte ich, aber zwischen dem »Ich« und dem »schon« passierte allerhand.

Ich war gerade bei »Ich«, als etwas heftig von unten gegen das Boot stieß. Dann wurde ich mit dem Kopf voran über Bord geschleudert.

Ich befand mich auf halbem Weg zwischen Deck und Wasser, als ich »glaube« sagte – und dass dies noch der beste Teil der Unternehmung war, sagt viel über das aus, was darauf folgte.

Denn als ich bei »schon« ankam, war ich bereits unter Wasser und sank schnell in die Tiefe.

Es geht abwärts

Ich liebe es, Steine ins Wasser zu werfen.

Es macht Spaß zu sehen, wie weit man sie schleudern kann und wie laut sie dann ins Wasser platschen*, wenn sie auf die Oberfläche treffen. Aber ich hatte nie darüber nachgedacht, was mit dem Stein passiert, NACHDEM er unter der Oberfläche ist. In diesem Moment fand ich es heraus. Der Stein war ich und ich sank abwärts.

Tiefer.

Und

tiefer.

Und

immer

noch

tiefer.

* Oder sogar plotschen, wenn man Glück hat.

Anfangs hatte ich keine Kontrolle darüber, wohin ich sank. Ich kreiselte herum wie ein Seestern und streckte Arme und Beine in alle Richtungen.

Dann wurde ich allmählich langsamer.

Ich begann mich an das Gefühl zu gewöhnen, von Wasser umgeben zu sein.

Bald konnte ich mich aufrecht halten, wenn ich auch nicht ganz sicher war, wo oben und wo unten war.

Es war zu dunkel, um irgendetwas zu erkennen, abgesehen von einem gelegentlichen Fisch, der durch das Fenster meines Helms spähte, als wäre ich ein Goldfisch im Aquarium.

Plötzlich bemerkte ich einen Lichtschein, der unter mir schimmerte.

Er kam von einer Stadt.

Wenn ich nicht in einem Taucheranzug gesteckt hätte, hätte ich mich in den Arm gekniffen. So blinzelte ich nur heftig, um sicherzugehen, dass ich mir nichts einbildete.

Falls ja, machte das Blinzeln keinen Unterschied, denn die Stadt war immer noch da.

Sie war auf einem gewaltigen Felsbuckel erbaut. Oben auf der Kuppe standen große Gebäude, und darunter lagen Plätze und Häuser. Aus allen Fenstern schien Licht und es gab eine Menge gewundener Gassen voll seltsamer Wesen, die ihren täglichen Geschäften nachgingen.

Zumindest sahen sie für mich seltsam aus. Für sie muss ICH seltsam ausgesehen haben, wie ich da aus dem flüssigen Himmel zu ihnen herabschwebte. Ich wünschte, Nancy hätte sie sehen können.

Merkwürdigerweise schienen die Bewohner der Stadt keine Angst vor mir zu haben. Ihre krabbenhaften Augen, die an den Enden ihrer Fühler saßen, wurden groß vor Staunen, nicht vor Angst.

Als ich am Grund des Sees landete, strömten sie in einer langen Prozession aus dem Haupttor der Stadt auf den Sand, angeführt von ihrer Anführerin, die in ein schimmerndes Gewand aus silbernen Fischschuppen gekleidet war und eine Krone aus Fischgräten auf dem Kopf trug.

Sie hatte keine Hände, sondern Scheren wie ein Krebs, die sie zur Begrüßung hob, und als sie den Mund öffnete, um zu sprechen, blubberten wie an einer Schnur Blasen daraus hervor.

»Sei gegrüßt, Großartiger!«, sagte sie.

Geblubber

»Äh, ich glaube, Sie verwechseln mich mit jemandem«, sagte ich, als sich die Bewohner der Stadt tief vor mir verneigten. »Ich bin kein **Großartiger**. Ich bin höchstens ein **vergleichsweise Guter**, wenn es um Monsterjagd geht, aber ich muss noch viel lernen. Sie können mich Jack nennen.«

»Sei nicht so bescheiden«, sagte diejenige, die mich begrüßt hatte, und ein zweiter Strahl Luftblasen kräuselte sich aus der Rückseite ihres Gewands, so wie wenn man in der Badewanne singt und der Hintern beschließt, mitzusingen. »Ich bin Borborygmus, Gasmächtigste Herrscherin über die Seegeschöpfe, und wir warten schon seit Jahrhunderten auf diesen glorreichen Tag – seit uns vorhergesagt wurde, dass ein Held kommen würde, um uns in der Stunde der Gefahr zu retten.«

»Wenn Sie mit irgendwelchen Gefahren zu kämpfen haben, helfe ich Ihnen gerne«, sagte ich. »Aber ich glaube wirklich, dass Sie sich in der Sache mit dem **Großartigen** irren. Was macht Sie so sicher, dass ich es bin?«

»Unsere Vorfahren haben ein Bild des **Großartigen** gezeichnet, damit wir ihn erkennen«, sagte Borborygmus. »Es wäre ja furchtbar, wenn wir den Falschen anbeteten. Man bringe das Porträt!«

Die Menge der **Seegeschöpfe** teilte sich, und einer von ihnen trat aus dem Tor. Er trug ein T-Shirt mit der Aufschrift »**Fanclub des Großartigen**« und hielt ein großes Porträt zwischen seinen Scheren. Triumphierend hob er es in die Höhe.

Wie mit einer einzigen Bewegung verbeugten sich die Bewohner der Stadt tief vor mir und aus ihren Hinterteilen stiegen Blasen.

»Das bin ich nicht!«, sagte ich.

»**Der Großartige** scherzt«, sagte Borborygmus. »Er sieht genauso aus wie du. Schau, das Gesicht auf dem Porträt hat eine Nase. Du hast auch eine Nase. Es hat ein Kinn. Du hast auch ein Kinn. Welchen Beweis brauchst du noch?«

»Er hat drei Augen!«, sagte ich.

Die **Gasmächtigste Herrscherin der Seegeschöpfe** blickte von mir zu dem Bild und wieder zurück, und auf ihrem Gesicht zeichnete sich ein Anflug von Zweifel ab.

»Er hat nur ein Auge mehr als du«, sagte sie schließlich. »Das ist nicht viel.«

»Aber es IST mehr«, sagte ich. »Außerdem hat der auf dem Bild keine Brille. Und er hat eine Glatze. Ich habe Haare. Zudem hat **der Großartige** Schlappohren wie ein Dackel. Es sind wirklich hübsche Ohren, aber ganz anders als meine. Wenn ich es mir so ansehe, bin ich ziemlich sicher, dass es das Bild eines Monsters ist.«

»Der Maler mag sich der **künstlerischen Freiheit** bedient haben«, sagte Borborygmus, »aber für uns ist die Ähnlichkeit unverkennbar. Und nun sage uns, was wir tun sollen, **Großartiger**.«

Mir war ÜBERHAUPT nicht wohl dabei, so zu tun, als wäre ich ein großer Held, dessen Ankunft vor Jahrhunderten prophezeit worden war. Aber vielleicht konnte ich den Glauben dieser seltsamen Kreaturen an mich zu unser aller Vorteil nutzen?

»Betrachten Sie es nicht als Befehl«, sagte ich. »Es ist eher eine Bitte. Ich bin auf der Suche nach dem Monster von Loch Less und wäre dankbar für jeden Hinweis, den Sie mir über seinen **derzeitigen Aufenthaltsort** geben könnten.«

Die Seegeschöpfe schienen mit einem Mal SEHR interessiert an einem vorüberziehenden Fischschwarm.

»Das Monster von Loch Less?«, sagte Borborygmus gedehnt. »Ich fürchte, wir haben keine Informationen über seinen derzeitigen Aufenthaltsort.«

»Hat es denn keiner gesehen?«

Die Seegeschöpfe schüttelten die Köpfe und die Blasen an den Rückseiten ihrer Gewänder verdoppelten sich aus lauter Nervosität.

Plötzlich stieß einer von ihnen einen erschrockenen Schrei aus, und alle Augen drehten sich auf ihren Stielen in Richtung des Schreis. Ich für meinen Teil drehte den Kopf.

Im trüben Wasser war ein Wesen zu erkennen, das sich schnell der Stadt näherte.

Es war Lessie.

Verfolgungs-
jagd

Lessie musste mich gesehen haben. In meinem Taucheranzug war ich auch kaum zu übersehen. Sie
machte eine scharfe Kehrtwende und floh den Weg
zurück, den sie gekommen war.

Das Monster von Loch Less hatte doch wohl
keine Angst vor MIR? Wie auch immer, dies war
meine einzige Chance, es zu fangen.

Es war nicht leicht, sich in dem Taucheranzug
schnell zu bewegen. Es war nicht leicht, sich unter
Wasser ÜBERHAUPT IRGENDWOHIN zu bewe-
gen. Ohne den Schlauch, der von meinem Helm zurück zum Boot führte, hätte ich sicher nicht mit
dem Monster mithalten können.

Als ich Lessie mit dem Blick folgte, zuckte der
Schlauch wie eine Peitsche und riss mich schneller
durchs Wasser als eine Harpune.

Zum Glück in dieselbe Richtung wie das Monster.

»Komm zurück!«, schrie Borborygmus.

Keine Chance.

Es gelang mir, Lessies Schwanz zu packen, und schon wurde ich hinter ihr her durch die Finsternis geschleift. Verängstigte Fische schwärmten in alle Richtungen, wenn sie uns kommen sahen, oder flogen wie bunte Kegel auseinander, die von einer Bowlingkugel getroffen wurden, wenn sie uns NICHT kommen sahen.

»Passt doch auf, wo ihr hinschwimmt, ihr Rowdys!«, blubberten sie übelgrantig.*

Lessie versuchte, mich erst in die eine, dann in die andere Richtung abzuschütteln, aber ich hielt mich fest. Sobald ich losließ, wäre die Verfolgung zu Ende.

Ich hoffte nur, dass der Schlauch, der mich mit dem Boot verband, nicht riss oder ein Leck bekam, bevor Lessie ihr Ziel erreichte. (Wo auch immer das war.)

Mehrere Blasen der Besorgnis entwichen aus dem Rücken meines Taucheranzugs.

---

* Ich glaube, das Wort gibt es nicht, aber es ist zu gut, um es nicht zu gebrauchen.

Endlich schien Lessie ihr Tempo zu verringern. Sie wirbelte nicht mehr so wild herum wie zuvor, und ihre Flossen flossten nicht mehr so schnell.*

Als ich nach vorne schaute, sah ich, dass wir auf einen weiteren riesigen Felsen zusteuerten, einen wie der, auf dem die Stadt der Seegeschöpfe lag, nur dass dieser unten eine Öffnung hatte.

In einem letzten Versuch, mich loszuwerden, tauchte Lessie steil durch die Öffnung und zog mich hinter sich her, bevor sie auf dem sandigen Grund einer Grotte, deren Wände mit funkelnden Mineralien bedeckt waren, zum Halten kam.

Warum hatte mich das Monster von Loch Less hierhergebracht? Vor Nervosität kamen aus der Rückseite meines Anzugs weitere Blasen.**

Lessie tat ... gar nichts.

Sie bewegte sich nicht einmal.

Was, wie ich begriff, als ich die Hand an ihre Seite legte, um mich zu vergewissern, dass sie noch lebte, daran lag, dass Lessie gar kein Monster war.

---

* Ich vermute, so heißt das bei Flossen. Würden sie flappen, hießen sie ja Flappen.
** Streng genommen kamen die Blasen aus mir und nicht aus dem Anzug.

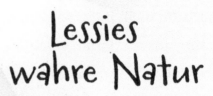

Lessies wahre Natur

Lessies Haut fühlte sich nicht wie Haut an. Sie war kalt und hart. Als ich mit meinen Taucherhandschuhen an ihre Seite klopfte, ertönte ein hohles Geräusch, wie bei einer Keksdose ohne Kekse.*

Kurz gesagt: Lessie war ein U-Boot.

Um genau zu sein, war sie ein U-Boot, das als Seeungeheuer verkleidet war, mit Flossen und Höckern auf dem langen Rücken, einem spitzen Schwanz am Heck und großen runden Augen an der Vorderseite, die eigentlich Lampen waren, um seinen Weg im trüben Wasser zu beleuchten.

Das U-Boot hatte einen Motor und vorn ein Fenster, durch das das Seegeschöpf, das Lessie bediente, beim Fahren hinaussehen konnte.

---

* *Die schlechteste Sorte Keksdose.*

Die winzige Pilotin saß im Cockpit und grinste mich durch das Glas hindurch nervös an, als fragte sie sich, wie verärgert ich wohl war, dass ich wie ein Blobfisch am Ende einer Angelschnur durch Loch Less geschleift worden war.

Aber ich war eher verdutzt als verärgert.

»Wer sind Sie?«, rief ich erstaunt.

»Ich bin Flatulus«, sagte die Pilotin, öffnete das Fenster und kletterte heraus, damit wir uns von Angesicht zu Angesicht gegenüberstehen konnten – so gut das mit jemandem, der hundertmal größer ist als man selbst, eben geht. »Schiffskapitänin der *Falschen Lessie*.«

»Unter Wasser spricht man von Booten, nicht von Schiffen«, konnte ich mir nicht verkneifen zu sagen, weil ich das mal in einem Buch gelesen hatte.

»Oh, das wusste ich nicht«, sagte Flatulus und ließ an beiden Enden Blasen aufsteigen, um zu zeigen, dass ihr Name zu ihr passte. »Dann nenne ich mich ab sofort BOOTSkapitänin der *Falschen Lessie*.«

»Ich verstehe das nicht«, sagte ich. »Warum tun Sie so, als wären Sie das Monster von Loch Less?«

»Du hast unser größtes Geheimnis entdeckt«,

sagte da die Stimme von Borborygmus, während der Körper von Borborygmus durch den Eingang der Grotte schwamm.

Die Seegeschöpfe waren uns aus der Unterwasserstadt gefolgt, nur hatten sie, da sie keine Triebwerke außer ihren Blasenantrieben besaßen, etwas länger für den Weg gebraucht.

»In Wahrheit ist es so«, gestand die **Gasmächtigste Herrscherin**, »dass es Lessie gar nicht gibt.«

»Kein Monster von Loch Less?«, sagte ich. »Das kann nicht sein. Stoop hat selbst gesagt, dass es Lessie gibt.«

»Sie hat früher mal hier gelebt«, erklärte Borborygmus. »Sie war unser absolutes Lieblingsmonster. Sie hat unsere Stadt beschützt. Aber sie beschwerte sich immer, das Wasser sei zu kalt für ihre zarte Konstitution. Eines Tages packte sie ihre Sachen und schwamm davon, um tropische Gefilde aufzusuchen. Wir waren sehr traurig. Aber längst nicht so traurig wie verängstigt.«

»VerSCHRängstigt!«, murmelten die Seegeschöpfe.

»Wovor hat Lessie euch denn beschützt, das so verschrängstigend war?«, fragte ich.

»Vor den Muckelanern!«, riefen alle einstimmig.

»Die Bewohner von Muckel sind so groß und so laut*«, erklärte Borborygmus. »Als Lessie weg war, mussten wir uns etwas einfallen lassen, um sie fernzuhalten. Flatulus schlug vor, ein U-Boot zu bauen und als Monster zu tarnen, um die Muckelaner abzuschrecken.«

»Also sind SIE vorhin gegen unser Boot gestoßen, sodass ich ins Wasser gefallen bin?«, fragte ich.

»Ich bitte um Verzeihung. Da wussten wir ja noch nicht, dass du **der Großartige** bist.«

»Jetzt fangen Sie nicht wieder damit an!«, sagte ich.

»Aber du verstehst es, oder?«, sagte Flatulus. »Wenn die Muckelaner erfahren hätten, dass Lessie nicht mehr da ist, wären sie zu jeder Tages- und Nachtzeit draußen auf dem See herumgeschippert, hätten uns mit ihren Außenbordmotoren gestört und ihren Müll ins Wasser geworfen. Das konnten wir nicht zulassen. Wir mussten etwas DRASTI-

---

* *Der schlimmste Lärm war das Konzert der Blockflötengruppe in meiner Schule.*

SCHES tun, während wir auf unseren Helden warteten, der uns beschützt.«

»Jetzt müssen wir nicht mehr warten«, sagte Borborygmus. »Du bist gekommen, um uns zu retten, auch wenn es stimmt, dass du nicht wirklich so aussiehst wie der auf dem Bild.«

»Nicht mal ansatzweise«, blubberten die anderen.

»Hört auf!«, sagte ich. »Ich kann nicht euer Großartiger sein. Ich bin nur gekommen, um Lessie oder euch oder wer auch immer es ist, zu bitten, das **Überirdische Wehklagen** vor Mops und Mos Haus zu beenden, damit die Gespenster endlich wieder nach Hause können.«

Flatulus beteuerte, dass sie als Bootskapitänin niemals gewehklagt hatte.

»Das U-Boot ist auf Tarnung und Geschwindigkeit ausgelegt, nicht auf **Überirdisches Wehklagen**«, erklärte sie. »Es gibt nicht mal eine Einstellung für **Irdisches Wehklagen**. Wie kommst du darauf, dass wir es waren?«

Die Frage konnte ich nicht beantworten. Aber wenn nicht Lessie die Gespenster aus ihrem Haus verjagt hatte, wer dann?

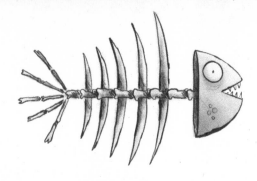

Kein Plappermaul

Einen Ruck am Schlauch später zogen mich Stoop und Rochester zurück aufs Boot, als wäre ich ein seltsamer Fisch, den sie geangelt hatten.*

Hastig nahm ich den Taucherhelm ab und schnappte nach Luft, während Stoop wissen wollte, warum das Boot vor einer Weile plötzlich übers Wasser geschossen war, als wäre es an einem Torpedo befestigt.

»Das erkläre ich später«, flüsterte ich, während ich aus dem Rest des Taucheranzugs kletterte.

»Keine Sorge, Jack«, sagte Rochester, die mein Flüstern gehört hatte. »Ich kann mir denken, was du zu sagen hast. Lessie ist gar nicht echt, stimmt's?«

---

* Hauptsächlich Rochester, weil Stoop so klein war.

Stoop lachte laut auf.

»Guter Witz«, sagte er. »Und als Nächstes sagst du, dass deine Schlabberhosen nicht echt sind.«

Er hörte auf zu kichern, als er merkte, dass wir nicht mitkicherten.

»Ich vermute es schon seit Jahren«, erklärte Rochester. »Deshalb wollte ich dich auch davon abhalten, ins Wasser zu springen, Jack, indem ich dir sagte, Lessie sei gefährlich. Denn wenn meine Vermutung stimmt und es gar kein Monster gibt, wäre das schlecht fürs Geschäft. Was glaubt ihr, warum ich diese Warnschilder an der Küste aufgestellt habe? Solange die Muckelaner Angst haben, den Hafen zu verlassen, habe ich die Bucht für mich allein. Ideal zum Schmuggeln.«

»Warum haben Sie dann nicht einfach Nein gesagt, als wir gefragt haben, ob wir Ihr Boot nehmen dürfen?«, fragte ich.

»Wie? Und auf den Gratis-Kohl verzichten?!?«, erwiderte sie.

Stoop betrachtete Rochester mit neuem Respekt.

Hier war jemand, der eine ebenso große Vorliebe für grünes Blattgemüse hatte wie er.

Seine Laune trübte sich jedoch, als ich ihn anflehte, die **Seegeschöpfe** nicht in *Monsterjagen für Fortgeschrittene* aufzunehmen, da sonst jeder Monsterjäger auf der Welt von ihrer Existenz erfahren würde und Borborygmus und ihr Blubbervolk nie wieder Ruhe hätten.

»Wofür hältst du mich?«, polterte Stoop. »Ich bin doch keine Plaudertasche. Keine Petze. Und schon gar kein **Plappermaul**, denn das ist eine seltene Art von Baumgeistern, die nur in den tropischen Wäldern von Zentral-Tonga vorkommen. Trotzdem wirft die Sache Probleme auf. Wir können unsere Mission nicht erfüllen, solange wir nicht wissen, wer oder was das **Überirdische Wehklagen** verursacht.«

»Sie meinen SO ein **Überirdisches Wehklagen**?«, fragte ich mit einem Schaudern, als ein **Markerschütterndes Geheul**[*] über das Wasser driftete.

---

[*] *Das ist ein anderer Ausdruck für Überirdisches Wehklagen.*

Katzen-
jammer

Der Lärm klang, als würden tausend Katzen gleichzeitig jaulen und dabei auf ihren Geigen kratzen,
während zehntausend Eulen sie anschreien, still zu
sein.

Ich hätte mir am liebsten Wachs in die Ohren ge-
stopft, um **nicht durchzudrehen**, und dabei ist
in meinen Ohren schon eine ganze Menge Ohren-
schmalz.

»Was ist das für ein Lärm?«, stöhnte Stoop.

»Das habe ich in letzter Zeit häufiger gehört,
wenn ich auf See war«, antwortete Rochester. »Ich
dachte, der Wind hätte vielleicht eine Magenver-
stimmung.«

Was es auch war, das Heulen wurde immer lauter und unheimlicher, je näher wir dem Ufer kamen, bis es die ganze Luft erfüllte.

Durch die Bäume hindurch erspähte ich ein Häuschen mit bunt gemusterten Vorhängen vor den Fenstern.

»Das muss das Haus von Mop und Mo sein!«, rief ich Stoop über den Lärm hinweg zu, doch der hörte mich nicht. Das **Schauderhafte Gejammer**[*] war zu laut.

Rochester deutete auf eine dunkle Gestalt, die am Ufer unterhalb des Hauses stand.

Zuerst dachte ich, es müsse der **geheimnisvolle Fremde** sein, aber dieser hier hatte keine Kapuze. Dann sah ich weitere Gestalten, die alle gleich gekleidet und im Kreis angeordnet waren.

Es waren die Schwestern des Perpetuellen Elends, und sie …

»Sie singen!«, japste ich.

Plötzlich war alles klar.

---

[*] *Noch eine andere Bezeichnung für Überirdisches Wehklagen.*

DIES war das **Überirdische Wehklagen**,
das die Geister aus ihrem Haus vertrieben hatte.

Kein Wunder, dass Mop und Mo geflohen waren! Die Nonnen konnten noch schlechter singen
als Dad kochen.* Ihnen zuzuhören war schmerz-
hafter, als von einer ganzen Horde Kuddelmuddler
überrollt zu werden.

»Sorg dafür, dass es aufhört!«, war alles, was
Stoop herausbrachte.

Als hätten die Nonnen ihn gehört, endete das
Lied abrupt.

Wir sahen schweigend zu, wie die Nonnen ihre
Gesangbücher zuklappten und im Gänsemarsch
zurück nach Kloster Muckel trabten.

Ich hätte vor Freude auf und ab hüpfen können,
wenn ich damit nicht riskiert hätte, wieder ins Wasser zu stürzen, diesmal ohne Taucheranzug.

»Das Rätsel ist gelöst«, sagte ich zu Stoop, während wir ihnen nachblickten. »Wir wissen zwar immer noch nicht, wer dieser **geheimnisvolle
Fremde** ist oder warum er Bill und seine Freunde

---

* Was ich nicht für möglich gehalten hätte.

ermuntert hat, ins Kloster Muckel zu ziehen, aber das kann warten. Unsere Aufgabe war es, die Lubber unter den Fliesen loszuwerden, und jetzt wissen wir, wie wir das hinkriegen: Die Schwestern des Pipapopligen Elends müssen einfach nur mit ihren Chorproben neben Mops und Mos Haus aufhören, dann können die Gespenster zurück nach Hause, die Lubber können zurück in ihr Schloss und die Nonnen müssen Kloster Muckel nicht verlassen, womit **DAS ENDE DER WELT, WIE WIR SIE KENNEN** verhindert wäre!«

Was könnte einfacher sein?

Wahrscheinlich ahnt ihr bereits aufgrund der Anzahl der Seiten, die noch kommen, dass es dann doch nicht ganz so einfach war.

Zoff

Als wir nach Muckel zurückkehrten, erwartete uns eine Menschenmenge am Hafen. Stoop dachte, es sei ein Empfangskomitee, und wollte gerade eine Rede über **Leben und Wirken eines großen Monsterjägers** anstimmen, als er merkte, dass niemand auf ihn achtete.

Stattdessen versammelten sich alle um einen viel zu großen kantigen Mann mit blendenden Zähnen.

»Das hätte ich mir denken können«, knurrte Stoop.

»Wie lange werden Sie unser bescheidenes Dorf noch mit Ihrer Erstaunlichkeit beglücken?«, riefen die Bewunderer Hatfield zu.

»Haben Sie eine Nachricht für Ihre Fans?«

»Was sind, in keiner bestimmten Reihenfolge, Ihre drei liebsten Eruptivgesteine?«

»Was ist hier los?«, fragte Stoop und drängte sich durch die Menge zu Hatfield.

»Soup, mein lieber Freund«, rief Hatfield und schlug seine Kapuze zurück, als er sich zu ihm umdrehte.* »Du errätst nie, womit ich es zu tun hatte, während du dich auf dem See entspannt hast.

Schau her … ein Knochenloser!« Die Menge hielt den Atem an, um zu sehen, welche furchterregende Kreatur Hatfield gefangen hatte.

Er hielt einen kleinen Käfig hoch, in dem ein Wesen saß, das beinahe so aussah wie … ein Kaninchen?

Es saß ruhig da und knabberte eine Karotte.

»Das ist ein Kaninchen«, sagte Stoop.

»Es sieht aus wie ein Kaninchen, das gebe ich zu«, sagte

---

* *Soup war eine große Verbesserung zu Poop, deshalb machte sich Stoop nicht die Mühe, ihn zu korrigieren.*

176

Hatfield. »Aber in Wahrheit ist es ein Knochenloser. Wie Sie alle wissen, können Knochenlose jede beliebige Gestalt annehmen, auch die eines Kaninchens. Dieser hier hätte eine Menge Schaden anrichten können, wenn ich ihn nicht mit genau der Karotte, die Sie hier vor sich sehen, in diesen Käfig gelockt hätte.«

Die Menge murmelte ihren Beifall zu Hatfields Genialität, bevor sie erschrocken aufschrie, als das Kaninchen kurz beim Kauen innehielt und träge eine Hinterpfote hob, um sich am Ohr zu kratzen.

»Woher willst du wissen, dass dieses mickrige Viech ein Knochenloser ist?«, fragte Stoop verächtlich.

Dem Kaninchen missfiel der Ton des alten Monsterjägers und es warf den Rest seiner Karotte durch die Gitterstäbe nach ihm.

Stoop fing sie aus der Luft, steckte sie in den Mund und zerbiss sie mit einem Krachen.

»Wenn du es unbedingt wissen willst«, sagte Hatfield, »die jüngste – und einzige – Nachwuchskraft von Intelligentes Monster-Management hat es herausgefunden. Hier kommt sie.«

»Du!«, rief ich, als Nancy lässig auf uns zu schlenderte und ihren Platz an Hatfields Seite einnahm.

»Hallo, Jack! Hallo, Croop!«, sagte sie fröhlich.

»Fang du nicht auch noch an«, knurrte Stoop.

»Du bist also wirklich **IMM** beigetreten?«, fragte ich.

»Warum nicht?«, sagte Nancy. »Sloop hat mir heute Morgen klargemacht, dass in eurer Bande kein Platz für mich ist, deshalb habe ich beschlossen, Hatfields Angebot anzunehmen.«

»Und sie ist bereits eine große Bereicherung für das Unternehmen. Sie wird mir – oder sollte ich sagen, uns? – ein kleines Vermögen einbringen. Oder besser noch, ein großes!«

Hatfield strahlte sie stolz an.

Die Menge applaudierte seinen blendenden Zähnen. So etwas Helles hatte man in Muckel noch nie gesehen. Sonnenlicht war hier nur ein Gerücht, von dem sie zwar gehört hatten, an das sie aber nie ganz glauben wollten.*

---

* *Kein Wunder, dass Lessie sich davongemacht hatte!*

»Was meinst du, sollen wir noch ein paar Kaninchen aufstöbern, die wir als Knochenlose ausgeben
können … äh, ich meine, noch ein paar dieser ge-
fährlichen Biester dingfest machen?«, fragte Hatfield Nancy, und sie stimmte eifrig zu.

»Ich bin mir sicher, dass ich am anderen Ende
des Strandes noch einige gesehen habe«, sagte sie.
»Gleich neben dem großen Kaninchenbau.«

»Das liegt daran, dass es Kaninchen SIND!«,
knurrte Stoop. »Mit denen habe ich als Kind immer
gespielt.«

Nancy kicherte.

»Seien Sie nicht albern, Gloop. Warum sollte uns
jemand viel Geld dafür bezahlen, dass wir ein paar
Kaninchen fangen?«

Ich winkte ihnen kläglich nach, als Nancy und
Hatfield davoneilten, um weitere Aufträge für Intelligentes Monster-Management an Land zu ziehen.

Ich konnte nicht anders, als gekränkt zu sein,
dass sie einem solchen Idioten den Vorzug gegeben
hatte.

Aber hatte ich nicht auch Stoop den Vorzug gegeben?

Hätte ich mich bei Stoop für sie eingesetzt, wäre sie nie zu Hatfield gegangen. Dieser GANZE Schlamassel war meine Schuld.

»Mach dir keine Vorwürfe«, sagte Stoop, als sich die Menge am Hafen aufzulösen begann. »Ich wäre heute nicht das, was ich bin, wenn ich die Verantwortung für alles übernommen hätte, was meine Schuld ist.«

Ich dachte daran, was er heute war, nämlich der mürrische Bewohner eines Gartenschuppens. Aber ich sagte nichts. Stoop schien auf seine eigene seltsame Art immer zufrieden mit sich zu sein. Trotzdem wollte ich in zweihundert Jahren nicht so sein wie er.

Ich beschloss an Ort und Stelle, dass ich, sobald diese Mission beendet war, Nancy finden und anflehen würde, wieder mit uns auf Monsterjagd zu gehen.

Es war mir egal, was Stoop dazu sagte.

Er hatte ein **Eins-reinlegen-zwei-kriegen-Sonderangebot** erwischt, ob es ihm gefiel oder nicht!

Kuckuck!
Kuckuck!

Weh ihnen!

Die Schwestern des Perpetuellen Elends nahmen unsere Neuigkeit nicht so gut auf, wie ich gehofft hatte. Einige von ihnen stimmten sogar schon wieder ihr **Überirdisches Wehklagen** an, als Stoop und ich in der kerzenbeleuchteten Halle standen und es ihnen zu erklären versuchten.

»Verstehen Sie denn nicht?«, sagte ich. »Wenn Sie aufhören, vor Mops und Mos Haus zu singen, wird alles wieder wie früher und Sie müssen Kloster Muckel nicht verlassen.«

Doch sie klagten nur noch ärger.

Ich fragte mich, ob die Schwestern des Perpetuellen Elends ihrem Namen alle Ehre machen wollten, oder ob sie sich schlecht fühlten, weil sie die ganze Situation mit den Lubbern selbst verschuldet hatten.*

»Wir sind traurig, dass ihr abreisen müsst, das ist alles«, erklärte Schwester Oberin. »Wir hätten nie gedacht, dass ihr eure Mission so schnell abschließen würdet. Wir dachten, sie würde etwas länger dauern. Wenigstens bis morgen früh halb neun, oder, besser noch, Punkt neun.«

»Was passiert denn morgen früh Punkt neun?«, fragte ich misstrauisch.

»Nichts, nichts, gar nichts«, antwortete sie unschuldsvoll.

»Überhaupt nichts«, bekräftigten die anderen Nonnen. »Neun Uhr hat nicht die geringste Bedeutung. Wie kommst du darauf? Vergiss, dass wir es erwähnt haben.«

»Schon vergessen«, sagte Stoop, der es kaum erwarten konnte, endlich hier wegzukommen. »Lass uns verschwinden, Jack.«

Doch da fingen die Nonnen wieder an zu jam-

---

* *Das nennt man Ironie.*

mern. Sie umringten Stoop und mich und flehten uns an, zu bleiben.

»Es ist nämlich so, Jack«, sagte Schwester Oberin, nahm meinen Ellbogen und zog mich beiseite, um unter vier Augen mit mir zu sprechen, »wir sind nicht ganz ehrlich zu euch gewesen. Bitte denk nicht, dass wir undankbar sind, nach all euren Bemühungen, aber die Wahrheit ist, dass die Lubber nicht die einzige Monsterplage sind, mit der wir es hier in Kloster Muckel zu tun haben. Deshalb sind die Schwestern so schreckhaft und nervös. Die Angst hat ihren Verstand in Erbsenpüree verwandelt.«

»Angst wovor?«,
fragte ich.

»Ich traue mich kaum, den Namen auszusprechen«, sagte Schwester Oberin. »Aber wenn du darauf bestehst, werde ich es tun. Ich meine … äh … das **beträchtlich große Biest vom Muckelmoor**.«

Die Nonnen kreischten einstimmig.

Schwester Mittendrin hielt sich die Ohren zu.

Schwester Nebenbei fiel in Ohnmacht.

»Einer solchen Kreatur bin ich in meinem ganzen Leben noch nicht begegnet«, sagte Stoop und trat zur Seite, um nicht von einer weiteren in Ohnmacht fallenden Nonne umgeworfen zu werden. »Und zweihundert Jahre sind mehr als dreiundsiebzigtausend Tage, deshalb bin ich mir sicher, wenn es dieses Biest gäbe, hätte ich es treffen müssen.«

»Ich gebe euch mein Wort, dass das **beträchtlich große Biest vom Muckelmoor** sehr real ist und absolut nichts, was ich mir ausgedacht habe, um euch an der Abreise zu hindern«, beteuerte Schwester Oberin. »Nonnen, beschreibt ihnen das Biest!«

Biestige
Beschreibungen

Die Nonnen fingen alle gleichzeitig an zu reden.

Das Biest, so erklärten sie, hatte einen Kopf wie ein Skorpion … oder war es eine Kröte?

Es hatte Füße wie ein Luchs … oder vielleicht auch wie ein russischer Wolfshund gekreuzt mit einem Pavian.

Es hatte Zähne aus Stahl … oder aus Stein … oder auch gar keine, denn es saugte seine Opfer aus wie ein Blutegel.

Es hatte Federn.

Es hatte Schuppen.

Es schlängelte sich wie eine Schlange.

Es huschte wie eine Spinne.

Die Nonnen sagten so viel Widersprüchliches,

185

dass es fast unmöglich ist, ein Bild zu zeichnen. Ihr müsst euch einfach vorstellen, wie das Biest aussah, wenn ihr könnt. Einig waren sie sich nur darin, dass es von beträchtlicher Größe war.

Stoop schlug vor, dass wir in *Monsterjagen für Fortgeschrittene* nachschlagen sollten.

Ein kurzer Blick unter **B** wie **Biest** oder **Beträchtlich** brachte kein Ergebnis.

Ich sah sogar unter »**Muckel**«, »**Moor**«, »**Das**« und »**vom**« nach, um ganz sicherzugehen.

»Glaubt mir«, sagte Schwester Oberin und ignorierte die Tatsache, dass wir offensichtlich NICHT vorhatten, ihr zu glauben, denn sonst hätten wir nicht im Buch nachgesehen. »Jedes Mal, wenn es vom Muckelmoor herunterkommt, bringt das **beträchtlich große Biest** ungekannte Schrecken. Nonnen, bitte erzählt Geschichten von dem Biest, die wahr sind, und keine Lügenmärchen.«

Und die Schwestern des Perpetuellen Elends beschrieben die Qualen, von denen sie schworen, dass sie sie durch die Hände … oder Pranken … oder Krallen … oder Klauen … oder Kiefer … des

beträchtlich großen Biests vom Muckelmoor erlitten hatten.

»Es hat meinen großen Zeh gefressen!«, behauptete Schwester Überhaupt.

»Das ist gar nichts«, mischte sich Schwester Sowieso ein. »Es hat meine beiden kleinen Zehen gefressen, und das sind insgesamt mehr.«

»Es hat versucht, mich eines Abends in der Badewanne in den Abfluss zu ziehen«, sagte Schwester Hintenrum.*

»Mich HAT es in den Abfluss gezogen«, sagte Schwester Vornedran.** »Und es war nicht mal Wasser in der Badewanne!«

»Was hat es mit Ihnen gemacht?«, fragte ich Schwester Geht-dich-nichts-an.

»Das geht dich nichts an«, sagte sie.

Ich hätte es mir denken können.

»Mir hat es den Kopf abgebissen!«, schrie Schwester Obendrüber. Schwester Oberin starrte sie finster an, als wollte sie sagen: »Jetzt bist du zu

---

* Oder war es Schwester Vornedran?
** Oder war es Schwester Hintenrum?

weit gegangen, Schwester Obendrüber. Das glauben sie dir nicht.«

Taten wir auch nicht.

»Ich weiß nicht, was für ein Spiel ihr spielt«, sagte Stoop, »aber Jack und ich gehen jetzt auf der Stelle. Euer **NONNSENS** kann uns nicht aufhalten!«

»Wartet!«, rief Schwester Oberin. »Ich gebe es zu. Wir haben ein kleines bisschen übertrieben, aber nur, weil wir wegen der Prophezeiung so furchtbare Angst haben.«

»Nicht noch eine«, stöhnte Stoop.

»Doch, noch eine«, sagte Schwester Oberin. »Meiner Erfahrung nach sind alte Prophezeiungen wie Lesezeichen: Man kann nie genug davon haben. Und dies ist eine meiner Lieblingsprophezeiungen. Denn es steht geschrieben: Wenn **das beträchtlich große Biest vom Muckelmoor** nicht bis morgen besiegt ist, droht … **DAS ENDE DER WELT, WIE WIR SIE KENNEN!**«

Eine unwiderstehliche Versuchung

»So langsam wird es albern«, sagte ich. »Sie können nicht ständig mit dem **ENDE DER WELT, WIE WIR SIE KENNEN** drohen und erwarten, dass man Ihnen glaubt.«

»Okay, das war ein bisschen weit hergeholt«, gab Schwester Oberin zu, »aber wir wollten es wenigstens versuchen. Seid ihr euch ganz sicher, dass ihr nicht ins Muckelmoor gehen und gegen das Biest kämpfen wollt?«

»Absolut, kategorisch und definitiv nicht.«

»Na schön«, sagte Schwester Oberin nach kurzem Zögern, in dem sie über ihren **nächsten Schachzug** nachzudenken schien. »Aber bitte lasst uns euch etwas zum Dank dafür geben, dass ihr das Geheimnis der **Lubber-Invasion** gelöst habt.«

»Egal was«, sagte Stoop. »Ich will es nicht.«

»Nicht einmal ein Mittagessen?«, fragte Schwester Oberin.

»Sagten Sie … Mittagessen?«

»Nun, das ist das Mindeste, was wir tun können, um euch unsere Dankbarkeit für eure Hilfe zu zeigen.«

»Ich dachte, Sie dürften nicht mit Leuten essen, die nicht Mitglieder Ihres Ordens sind?«, mischte ich mich ein. »Sie haben gesagt, das sei die erste der **drei goldenen Regeln**.«*

»Mittwochs dürfen wir eine Ausnahme machen«, sagte Schwester Oberin.

»Aber heute ist nicht Mittwoch.«

»Samstage gehen auch, solange sie zwischen einem Freitag und einem Sonntag liegen. Willst du nun etwas essen, oder nicht, Stoop?«

»Ja!«, sagte Stoop.

Für jemanden, der behauptet hatte, er werde seine Meinung nicht ändern, änderte er sie dann doch sehr schnell.

Protest war sinnlos.

---

* *Hat sie wirklich. Steht auf Seite 68.*

Ich tröstete mich mit dem Gedanken, dass das Mittagessen nicht allzu lange dauern würde.

Stoop war ein schneller* Esser.

Wir wurden ins Refektorium geführt, wie die Speisesäle in alten Klöstern heißen, und die Nonnen brachten Schüsseln und Platten und Schalen und Töpfe und Kannen und Krüge und Fingerhüte und Schubkarren und Badewannen und Planschbecken und andere Gefäße, die sie aufgestöbert hatten, allesamt randvoll mit gekochtem Kohl, als hätten sie sich wochenlang auf diesen Moment vorbereitet.

Ich mochte keinen gekochten Kohl**, aber ich hatte keine Ahnung, wann ich das nächste Mal etwas zu essen bekommen würde, deshalb griff ich trotzdem nach einer Schüssel.

Schwester Oberin schlug mir mit einem Löffel auf die Finger.

»Für dich nicht!«, sagte sie. »Um mit den Schwestern des Perpetuellen Elends zu speisen, musst du nach Regel Sechs mindestens …« Sie hielt inne. »Wie alt bist du?«

---

* *Und unordentlicher.*
** *Und ich kenne auch niemanden, der welchen mag, abgesehen von Rochester und Stoop.*

»Zehn.«

»Wie schade«, sagte sie. »Du müsstest mindestens elf Jahre alt sein.«

Ich musste also dasitzen und zugucken, wie Stoop gierig Kohl mampfte, bis seine Zähne grüner waren als Stinkwanzen.

Die Nonnen beobachteten ihn auch. Aller Augen waren auf ihn gerichtet, als warteten sie darauf, dass etwas passierte.

Stoop hielt beim Mampfen inne, als er merkte, dass er im Mittelpunkt der Aufmerksamkeit stand.

»Was glotzt ihr denn so?«, fragte er. »Habt ihr noch nie jemanden Kohl essen sehen?«*

»Stoop«, sagte ich, als mir klar wurde, warum die Nonnen ihn anstarrten. »Geht es Ihnen gut?«

»Ich habe mich nie besser gefühlt«, erwiderte er. »Ich bin fit wie ein Floh. Ich würde sogar jeden Floh zum Fitness-Wettkampf herausfordern. Such mir einen Floh, dann beweise ich es dir. Warum fragst du?«

»Weil Sie so grün sind«, sagte ich.

---

* Fairerweise muss man sagen, dass sie wohl wirklich noch nie jemanden gesehen hatten, der ihn so gierig aß.

Unverschämte Forderungen

Dong
Dong
Dong

Stoops Gesicht hatte die Farbe gewechselt. Er sah aus wie ein Brokkoli. Sogar seine Nase, die sonst immer knallrot war, leuchtete grün.

»Irgendetwas … stimmt … nicht«, stöhnte er. »Kohl … schlecht.«

Damit sackte er mit dem Gesicht nach unten in die Schüssel.

In meiner Panik rüttelte ich verzweifelt an seiner Schulter und rief seinen Namen, aber er rührte sich nicht.

»Sie haben ihn umgebracht!«, schrie ich entsetzt.

»Er ist nicht tot«, entgegnete Schwester Oberin. »Es braucht schon mehr als eine Schüssel verdorbenen Kohl, um Stoop zu erledigen. Er schläft nur, dank ein paar Spritzern von Schwester Hintenrums speziellem Schlummertrunk.«

»Deshalb haben Sie mich nicht mitessen lassen«, wurde mir klar. »Und nicht, weil ich erst zehn bin.«

»Da hast du ganz recht. Die Regel gilt nur für Kinder unter neun. Aber wir konnten dich nicht einschläfern, Jack«, sagte Schwester Oberin mit einem Funkeln in den Augen. »Wir haben nämlich eine besondere Aufgabe für dich vorgesehen. Wir mussten nur vorher Stoop aus dem Weg räumen. Wir konnten nicht riskieren, dass er etwas Lästiges tut, dich zum Beispiel rettet.«

Das war es also.

Man würde mir eine unmögliche Aufgabe stellen, wie ans **Ende der Welt** zu laufen, um die Schwanzfeder eines goldenen Geiers zu stehlen. Oder eine Wunderlampe in einer Höhle mit tausend identischen Lampen zu finden, bevor der Sand in der Sanduhr durchgelaufen war.

Wenn ich versagen würde, wären wir beide dran.

Wie war es möglich, dass ich **das Böse** in Schwester Oberin zuvor nicht erkannt hatte?

Nun gut. Welche Aufgabe auch immer sie mir stellten ... egal wie tödlich oder gefährlich sie war … ich war bereit, sie zu wagen, um Stoop zu retten.

Außer natürlich, es ging darum, das **beträchtlich große Biest vom Muckelmoor** zu töten. Monsterschlachten war auch für erfundene Monster verboten.*

»Raus mit der Sprache!«, sagte ich. »Wie lautet die Aufgabe?«

Schwester Oberin beugte sich näher zu mir.

»Die Aufgabe, die wir für dich vorgesehen haben …« – Sie machte eine dramatische Pause, während Schwester Unterin einen Trommelwirbel auf einem umgedrehten Topf spielte, um die Spannung zu steigern – »ist es, die Nacht als unser besonderer Gast hier in Kloster Muckel zu verbringen.«

»Ist das alles?«, fragte ich, denn im Vergleich zum Diebstahl goldener Schwanzfedern oder dem Finden von Wunderlampen klang das lächerlich einfach.

»Das ist alles«, sagte sie.

»Und wenn ich mich weigere?«

---

* *Warum sollten sie benachteiligt werden?*

»Sei gewarnt, Jack«, sagte Schwester Oberin. »Wenn du nicht auf unsere Forderungen eingehst, dann …«

Sie verstummte bedrohlich.

»Lassen Sie mich raten«, sagte ich. »Dann droht **DAS ENDE DER WELT, WIE WIR SIE KENNEN**.«

»Was für eine absurde Vermutung«, entgegnete Schwester Oberin. »Warum sollte die Welt untergehen, nur weil du dich weigerst, die Nacht in Kloster Muckel zu verbringen?«

»Weil Sie das pausenlos … ach, vergessen Sie's. Reden Sie weiter. Was passiert, wenn ich nicht auf Ihre **unverschämten Forderungen** eingehe?«

»Dann bleibt dein mürrischer Freund mit dem zottigen Bart und der grünen, ehemals roten Nase **bis in alle Ewigkeit** mit dem Gesicht nach unten im Kohl liegen.«

Wenn sie es so sagte, klang es gar nicht so schrecklich. Schlafen und Kohl-Essen waren Stoops Lieblingsbeschäftigungen. Wie ich ihn kannte, hätte er sich vermutlich geärgert, wenn ich ihn geweckt hätte.

Natürlich wusste ich, dass ich ihn trotzdem retten musste, auch wenn das bedeutete, ihn aus seinem persönlichen Paradies zu reißen. Aber wie sollte ich das anstellen?

Ich war ihr Gefangener.

»Sieh es nicht als Gefangenschaft«, sagte Schwester Oberin. »Sieh es als eingesperrt und nicht in der Lage, zu gehen, bis wir es dir erlauben.«

»Ist das nicht das Gleiche?«, fragte ich. Aber da wurde ich schon davongetragen.

Klirr

Sie verfrachteten mich in den höchsten Turm von Kloster Muckel, wo ich bis zum nächsten Tag um Punkt neun Uhr bleiben sollte.

»Fühl dich wie zu Hause«, flötete Schwester Oberin.

»Wie soll ich mich in diesem ekelhaften, dreckigen, abscheulichen Schweinestall wie zu Hause fühlen?«, fragte ich, als ich durch die Tür geführt wurde. Ich hatte die Augen geschlossen, um nicht all das Schreckliche sehen zu müssen, das mich drinnen erwartete.

»Du wagst es, mein Zimmer einen Schweinestall zu nennen?«, schrie Schwester Obendrüber.

Ich öffnete die Augen.

Das Zimmer war **recht hübsch**. Es gab ein Bett mit sauberen Laken und einer Bettdecke, drei flauschigen Kissen, mehreren Zierkissen und einem Teddybären.

»Entschuldigung«, sagte ich zu Schwester Obendrüber. »Ich hätte es mir anschauen sollen, bevor ich Ihr Zimmer beleidigt habe.«

»Humpf!«, sagte sie, ein Geräusch, das Leute machen, wenn sie verärgert sind, aber keinen **großen Streit** vom Zaun brechen wollen.

Schwester Oberin nutzte die Gelegenheit und schloss mich ein, wobei sie mir noch einmal versicherte, dass sie für den Morgen wirklich **nichts Bösartiges** geplant habe, sodass es keinen Sinn hätte, etwas Törichtes zu unternehmen, zum Beispiel einen waghalsigen Fluchtversuch.

»Ich werde so töricht sein, wie ich will«, sagte ich trotzig. »Versuchen Sie ruhig, mich aufzuhalten!«

Und ich stürmte zur Tür, um einen **waghalsigen Fluchtversuch** zu unternehmen, doch ich hörte nur, wie sich der Schlüssel im Schloss drehte.

Ich rüttelte trotzdem an der Klinke.

Stoop hatte das Geräusch einer knarrenden Tür imitiert, als wir in Kloster Muckel angekommen waren. Vielleicht hatte ja auch eine der Schwestern des Perpetuellen Elends das Geräusch eines sich drehenden Schlüssels nachgemacht?

Ich hatte Pech.

Die Tür war wirklich verschlossen.

Schwere Schritte hallten durchs Kloster, als die Nonnen die Treppe hinuntermarschierten.

Ich war allein.*

Der einzige andere Weg nach draußen führte durchs Fenster, aber das war zu schmal, wie ich feststellen musste, als ich mit dem Kopf im Spalt stecken blieb und die nächsten zehn Minuten damit verbrachte, ihn wieder herauszuziehen.

Und selbst wenn ich mich hätte hindurchzwängen können, wäre ich sofort hundert Meter tief gefallen, und das wäre keine **deutliche Verbesserung** meiner Situation gewesen.

Es musste doch IRGENDEINEN Weg geben, hier herauszukommen, ohne mich zu Brei zu stürzen.

Ich wusste nur, dass ich es versuchen musste, denn wenn jemand beteuert, dass er am Morgen

---

* *Abgesehen vom Teddy.*

nichts Bösartiges vorhat, dann bedeutet das in der Regel, dass er **ETWAS SEHR BÖSARTIGES** vorhat, und ich hatte keine Lust herauszufinden, was.

Ich saß auf der Bettkante und baumelte mit den Beinen, während ich verzweifelt nach einem Weg suchte, Stoop vor seinem **kohlvollen Schicksal** zu bewahren und mich selbst vor dem, was Schwester Oberin für mich geplant hatte.

KLIRR!

War es das, wofür ich es hielt? Ein schneller Blick unters Bett bestätigte mir das Schlimmste.

Die Nonnen hatten mir einen Nachttopf dagelassen, für den Fall, dass ich aufs Klo musste. Ich war fest entschlossen, ihn nicht zu benutzen, egal in welch **verzweifelter Lage** ich wäre.

Es wäre einfach zu **peinlich** gewesen, wenn die Schwestern des Perpetuellen Elends unerwartet hereingeplatzt wären, während ich drauf saß.

Ich fragte mich gerade, ob ich den Nachttopf stattdessen als Waffe benutzen könnte, als das Schlüsselloch in der Tür zu flüstern begann.

Zu niederträchtig für Worte

»Magisches Schlüsselloch, hast du eine Nachricht für mich?«, fragte ich aufgeregt, hockte mich neben die Tür und presste mein Ohr an das Loch.

»Wie bitte?«, fragte das Schlüsselloch.

»Komisch«, sagte ich. »Du klingst genau wie Schwester Esther.«

»Ich *bin* Schwester Esther«, sagte die Stimme. »Ich bin hier, auf der anderen Seite der Tür.«

»Das ist auch plausibler als ein magisches Schlüsselloch«, räumte ich ein. »Was machst du hier? Werden die anderen Nonnen nicht sauer, wenn du heimlich mit mir redest?«

»Und wie! Ich will gar nicht daran denken, was sie mit mir anstellen werden, wenn sie es merken, aber ich musste es riskieren«, sagte Schwester

Esther. »Ich bin den Schwestern des Perpetuellen Elends nur beigetreten, weil ich ihre Kutten so schick fand. Stilvoll, aber praktisch. Damals wusste ich noch nicht, wie schlimm Schwester Oberin ist. Was sie für morgen früh geplant hat, ist so durch und durch niederträchtig, dass es unbedingt verhindert werden muss.«

»Was hat sie denn geplant?«, fragte ich.

»Das kann ich nicht sagen«, sagte Schwester Esther. »Es ist zu niederträchtig für Worte. Es ist sogar zu niederträchtig für Worte, die erfunden wurden, um niederträchtige Dinge zu beschreiben. Zwing mich nicht, sie auszusprechen.«

Ich versprach ihr, dass ich das nicht tun würde.

Helfen musste sie mir aber trotzdem.

»Kannst du nicht den Schlüssel holen und mich rauslassen?«, fragte ich.

»Das ist unmöglich«, sagte sie und zitterte am ganzen Körper.* »Schwester Oberin trägt ihn an einer Kette um den Hals, und in letzter Zeit schläft sie nicht mehr. Sie liegt die ganze Nacht wach und

---

* Natürlich konnte ich sie nicht zittern sehen, weil sie hinter der Tür stand. Ich wusste einfach, dass sie zitterte.

seufzt: ›Was habe ich getan? Was habe ich nur getan?‹ Gibt es niemand anderen, der dir helfen kann?«

Ich versuchte zu denken.

Stoop war betäubt. Nancy arbeitete für Hatfield. Dad war zu weit weg.

»Ich hab's!«, sagte ich und schnippte mit den Fingern, denn das tun Leute in Geschichten immer, wenn sie **eine Idee haben**. »Benachrichtige Rochester! Du kannst sie nicht verwechseln. Sie trägt einen Hut mit drei Ecken und die ausgebeultesten Hosen, die du je gesehen hast.* Anscheinend ist das unter Schmugglern Mode. Sie wird kommen, wenn sie hört, dass ich Hilfe brauche. Würdest du bitte sofort nach Muckel gehen und sie holen?«

»Ich werde es versuchen.«

Dad sagt immer, das Wichtigste im Leben sei, dass man **es versucht**. Stoop sagt, das sei Unsinn, denn was zähle, sei nicht der Versuch, sondern der Erfolg. Nichts gegen Dad, aber ich drückte mir doch die Daumen, dass Schwester Esther sich eher an Stoops Philosophie hielt als an Dads.

---

* *Auch wenn ich natürlich nicht wissen konnte, wie viele Hosen Schwester Esther schon gesehen hatte.*

Fussel-futter

Eine Stunde später begann ich, die Hoffnung zu verlieren.

Zwei Stunden später hatte ich sie so sicher verloren wie den Kugelschreiber und die Münzen hinten in der Sofaritze. War der Besuch von Schwester Esther ein ausgeklügelter Streich gewesen, um mich glauben zu lassen, ich könne gerettet werden, damit ich mich noch mehr ärgerte, wenn dem nicht so war?

Das Schlimmste aber war, dass ich den Nachttopf benutzen musste.

Zweimal.

Ich konnte es nicht mehr aushalten.*

Ich hatte auch Hunger und begann zu bereuen, dass ich mein letztes Würstchen im Schlafrock dem

* Glücklicherweise platzten die Nonnen nicht herein.

Pferd gegeben hatte. Ich hatte nichts mehr zu essen außer dem Lutscher in meiner linken Hosentasche.

Ich benutzte den Meißel, den ich hilfreicherweise unter dem Kissen der Nonne gefunden hatte, um den Lutscher zusammen mit einer dicken Fusselschicht vom Futter meiner Tasche zu lösen, und legte mich aufs Bett, um ihn langsam zu lutschen, damit er lange hielt.

Die Fussel verliehen ihm zusätzliche Würze.*

Die ganze Zeit über wusste ich, dass ich das **Unvermeidliche hinauszögerte**.

Ich konnte es nicht länger aufschieben. Ich musste den Abschnitt ganz hinten in *Monsterjagen für Fortgeschrittene* über die **Feurigen Gruben des Verderbens** lesen. Ich biss mir nervös auf die Lippe und schlug das Buch bei der Warnung auf, an die ich mich so gut erinnerte.

Weiterlesen auf eigene Gefahr!

Ich blätterte die angesengte Seite um.

---

* *Jetzt, wo ich darüber nachdenke, hätte ich den Meißel wahrscheinlich lieber benutzen sollen, um zu fliehen.*

Das mit dem ›Weiterlesen auf eigene Gefahr‹ hast du gesehen, ja? Ich frage lieber nach, weil es kein Zurück gibt, wenn du jetzt weiterliest.

Ich blätterte auch diese Seite um.

Im Ernst, das ist deine letzte Chance, noch mal drüber nachzudenken.

So langsam nervte es.

Sag nicht, ich hätte dich nicht gewarnt.

Ich übersprang die nächsten Seiten, falls noch mehr Warnungen kamen, und wünschte sofort, ich hätte es nicht getan. Die Seiten begannen wie Feuer zu glühen, und mein Blick fiel auf einige der schrecklichsten Monster, die man sich nur vorstellen kann.

Da waren Puckel und Häggel und Schädelgräber, ein Monster abscheulicher als das andere.

Manche hatten keine Haut, sodass man ihre In-

nereien herausquellen sah. Andere hatten derart
scharfe Zähne, dass sie die Bilder auf der Seite zer-
fetzten.

Jedes von ihnen sah aus, als wolle es aus dem
Buch heraussteigen und mich verschlingen.

Ich versuchte, es zu schließen, aber die Seiten
waren zu heiß geworden. Sie verbrannten mir die
Finger, und ich hatte keine andere Wahl, als sie
weiter anzuschauen.*

Hier noch ein paar Monster aus der Unterwelt,
die im Buch standen.

Schwurbler

Wenn jemand sagt, ihm sei »etwas schwurbelig«,
meint er damit in der Regel, dass er sich aus
irgendeinem Grund ängstlich oder unwohl fühlt.
Der wahre Grund ist aber, dass die Person von
Schwurblern angefallen wurde.

---

* *Ich hätte die Augen schließen können, aber darauf bin ich*
in dem Moment nicht gekommen.

Große
Nasenlöcher

Kleine
Flügel

Großes
Maul

Spitze
Stacheln

So sehen sie aus.

Ja, es ist wahr, sie sind hässlich. Nicht alles auf der Welt hat die Chance, einen Schönheitswettbewerb zu gewinnen. Schau lieber mal, wie du morgens nach dem Aufstehen aussiehst, bevor du über andere urteilst!

Firlefanze

Du merkst schnell, dass ein Firlefanz in der Nähe ist, weil er wie ein Eimer Hundefutter riecht, der mit saurer Milch übergossen und anschließend zu lange in die Sonne gestellt wurde. Warum Firlefanze so riechen, ist unbekannt. Bekannt ist hin-

gegen, dass sie sich täglich in einer großen Bade-
wanne voll Hundefutter wälzen, bevor sie sich die
Haare mit saurer Milch waschen und sich in die
Sonne legen, aber das ist sicher nur Zufall.

Dann gab es noch eine letzte Botschaft:

Ich wette, jetzt wünschst du dir, du hättest auf die
Warnungen gehört.

Das Buch hatte nicht unrecht!

Eine furchtbare Vorstellung, dass all diese grau-
sigen Kreaturen nicht weit unter meinen Füßen in
den **Feurigen Gruben des Verderbens**
hausten! Dass Kloster Muckel einstürzen konnte
und sie alle ans Tageslicht kämen, wenn ich nicht
schleunigst von hier verschwand und den **teuf-
lischen Plan** der Nonnen vereitelte.

Ich ahnte nicht, dass das Buch noch eine weitere
unangenehme Überraschung für mich bereithielt.

Gleich auf der nächsten Seite starrte mir ein ver-
trautes Paar flammender Augen entgegen.

Flacker an, flacker aus

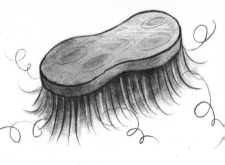

Das Pferd, dem Nancy und ich gestern Abend begegnet waren, war DOCH ein Monster gewesen! Sein Name war Noggel.

Noggel

Anders als die meisten Pferde leben Noggel hauptsächlich im Wasser. Reite niemals und unter keinen Umständen auf einem Noggel, selbst wenn deine Füße vom Laufen wund sind und der Gedanke an einen Ritt nach Hause verlockend erscheint. Wenn du einmal auf den Rücken eines Noggels geklettert bist, klebst du fest wie geleimt und bist der Gnade des Noggels ausgeliefert. Und Noggel kennen keine Gnade. Ihr größtes Vergnügen ist es, ihr Opfer in ihre Unterwasserhöhle zu zerren und auszuweiden. Am besten überwältigst du einen Noggel, indem du seine Mähne kämmst. Das macht ihn schläfrig, und in genau dem Moment solltest du ihm den Kopf abschlagen. Das verstößt zwar gegen die Regeln, aber bei Noggeln darf man kein Risiko eingehen.

Eine andere Möglichkeit ist es, dem Noggel das Zaumzeug abzunehmen und ihn so unter deine Kontrolle zu bringen. Er wird alles tun, was du verlangst, um das Zaumzeug zurückzubekommen.

So viel zu meiner Annahme, sein Zaumzeug bedeute, dass das Pferd zahm war! Und ich hatte ihm mein letztes Würstchen im Schlafrock gegeben!

Oder ... hatte das Würstchen Nancy und mich gerettet?

Ich wollte mehr über Noggel herausfinden, aber das Buch klappte zu und der Raum versank in Dunkelheit, als die glühenden Seiten erloschen. Ich knipste meine Taschenlampe an.

Das Licht flackerte einmal kurz auf.

Und noch mal.

Dann ging es aus.

Angstvoller denn je rollte ich mich auf dem Bett zusammen, zog mir die Decke über den Kopf und fragte mich, wie viel Nacht mir noch bevorstand.

Eigentlich hätte ich vor lauter Angst nicht schlafen sollen, aber ich hatte in der letzten Nacht nur ein paar Stündchen Schlaf bekommen, und die Kissen von Schwester Obendrüber waren **extrem gemütlich**.

Meine Augenlider schlossen sich so fest wie eine Ladentür bei Ladenschluss.

Sekunden oder Minuten oder Stunden später – ich war noch nie ein guter Zähler im Schlaf* – zuckte ich zusammen, als ich eine Stimme auf der anderen Seite der Tür hörte.

»Zurücktreten und Schutz suchen!«, brüllte sie.

»Schutz wovor?«, fragte ich schläfrig.

Die Antwort kam umgehend.

BUMM!

* *Oder in der Schule.*

Weder Banane noch Marzipan

Die Explosion schleuderte mich durch die Luft, als würden die Nebelwichte wieder Wumms-Peng mit mir spielen.

Ich hatte Glück. Ich landete auf der Matratze. Rasch vergewisserte ich mich, dass ich nach wie vor aus einem Stück bestand, was von den meisten Ärztinnen und Ärzten als die beste Stückzahl für einen Körper angesehen wird.

Die Zählung kam nicht bis zwei, und das war ein Pluspunkt. Der Teddy hatte weniger Glück gehabt.

Ich deckte ihn behutsam mit den Überresten der Bettdecke zu und rannte los, um Rochester zu danken, dass sie meinem Hilferuf gefolgt war. Denn wer sonst hätte es sein können?

Doch es war nicht die Schmugglerin mit dem

Dreispitz und der ausge-
beulten Hose, die durch
das **klaffende Loch**
in der Tür geklettert
kam, das der Knall
hinterlassen hatte.

»Nancy!«, rief ich.
»Was machst du denn
hier?«

»Wonach sieht's
denn aus?«, antwor-
tete sie. »Ich rette
meinen besten Freund vor einer
Horde verrückter Nonnen.«

»Wen nennst du hier verrückt?«, fragte Schwester Esther, die hinter ihr hergekrabbelt kam.

Die Explosion hatte offenbar auch sie umge-
hauen.

»Du warst nicht gemeint«, sagte Nancy und half
Schwester Esther auf die Beine. »Von allen hier bist
du bei Weitem die Unverrückteste.«*

* *Das war auch nicht schwer!*

»Aber Nancy, ich dachte, du wärst jetzt auf Hatfields Seite?«, sagte ich, unsicher, ob die Explosion mein Gedächtnis beschädigt hatte.

»Du musst noch eine Menge lernen, Jack«, sagte Nancy. »Ich habe nur so getan, als würde ich seiner Firma beitreten. Ich wollte mich an dir rächen, weil du zugelassen hast, dass Stoop sich zwischen uns stellt. So was sollten **Freunde** niemals tun!«

»Das habe ich mittlerweile verstanden«, sagte ich reumütig. »Es tut mir sehr leid.«

»Dann Schwamm drüber. Zum Glück hat es sich als nützlich erwiesen«, sagte Nancy. »Ich habe nicht nur genügend Beweise gesammelt, um Hatfield mit seinem lächerlichen Plan, falsche Knochenlose zu fangen, als **großen Schwindler** zu entlarven, sondern ich hätte auch nie sein **geheimes Dynamitversteck** entdeckt, wenn ich nicht für ihn gearbeitet hätte. Was ein Monsterjäger mit so viel Sprengstoff will, ist **eine ganz andere Geschichte**, aber ich bin mir sicher, dass wir es noch vor dem Ende herausfinden werden.«

»Das tun wir meistens«, stimmte ich zu.

»Trotzdem bin ich froh, dass er welches hatte«, fuhr sie fort. »Als ihr nicht zum Abendessen im Gasthaus erschienen seid, wusste ich sofort, dass etwas Schlimmes passiert sein musste. Stoop würde niemals freiwillig eine Mahlzeit auslassen! Dann hörte ich, wie Schwester Esther Rochester mitteilte, dass du eingesperrt worden warst. Ich habe sofort die **Operation Freiheit für Jack** in Angriff genommen. Ich habe mir ein paar Stangen Dynamit und eine Schachtel Streichhölzer besorgt und bin hergekommen, um sie für einen **guten Zweck** einzusetzen.«

Stolz blickte sie auf die Zerstörung, die sie angerichtet hatte, bevor sie das Gesicht verzog.*

»Was ist das für ein Geruch?«, fragte sie.

Durch den sich legenden Staub sah ich, dass der Inhalt des Nachttopfs von der Wucht des Dynamits an die Wände gespritzt worden war.

Die reinlichen Laken hatten mich vor dem Schlimmsten geschützt, aber »reinlich« war nicht mehr das richtige Wort, um sie zu beschreiben.

* Ihr eigenes, um genau zu sein.

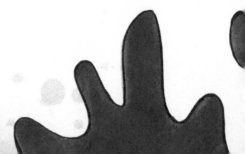

Vollgekleckert? Schon eher.

Widerwärtig? Konnte man so sagen.

Ekelhaft? Und wie.

»Das muss das Dynamit sein«, sagte ich und versuchte hastig, das Thema zu wechseln.

»Nein«, sagte Nancy. »Dynamit riecht nach Banane oder Marzipan. Ich nehme einen Geruch von beidem wahr. Aber außerdem stinkt es nach –«

»Ist doch egal, wonach es stinkt«, fiel ich ihr ins Wort, bevor ihre Nase es erschnüffelt hatte. »Sollten wir nicht schleunigst Stoop holen und von hier verschwinden?«

Widerwillig stimmte Nancy zu, die Diskussion über den üblen Gestank aufzuschieben, bis wir den schlafenden Monsterjäger gerettet hatten.

Ich hob *Monsterjagen für Fortgeschrittene* auf und freute mich, dass das Buch nicht zerfetzt worden war.* Sicherheitshalber klemmte ich es in meinen Gürtel und wir machten uns aus dem Staub.

Auf halbem Weg die Treppe hinunter trafen wir auf Schwester Oberin, die uns entgegenstürmte.

---

* *Oder mit dem Inhalt des Nachttopfs vollgekleckert.*

Verfolgungs- jagd Nummer zwei

Schwester Oberin breitete die Arme aus, um uns auf der schmalen Treppe den Durchgang zu versperren.

»Hast du wirklich gedacht, du könntest Jack so einfach befreien?«, sagte sie zu Nancy.

»So einfach war es gar nicht«, sagte Nancy. »Ich habe immer noch Splitter von der Tür im Haar!«

»Was dich betrifft, Schwester Esther« – Schwester Oberin schüttelte den Kopf –, »ich bin enttäuscht von dir. Du weißt doch, wie wichtig der heutige Tag für uns ist.«

»Wegen des Jahrestags, meinen Sie?«, fragte Nancy triumphierend.

»Woher weißt du das?«, fragte Schwester Oberin. »Hast du ihr unser Geheimnis verraten, Schwester Esther?«

»Nein!«, beteuerte die schüchterne Schwester.

»Ich habe es in einem Faltblatt gelesen, das ich gestern im Fremdenverkehrsbüro des Dorfs mitgenommen habe«, sagte Nancy. »Kloster Muckel ist genau heute vor einem Jahr hier erschienen.«

»Um Punkt neun Uhr, wette ich«, sagte ich.

»Da wettest du richtig«, sagte Schwester Oberin. »Und wir haben vor, unseren Jahrestag gebührend zu feiern. Es ist zu spät, um uns aufzuhalten. Die Explosion hat die anderen Nonnen alarmiert. Hört ihre schweren Schritte! Ihr sitzt in der Falle.«

»Nicht, wenn ich ein Wörtchen mitzureden habe!«, sagte Schwester Esther, plötzlich gar nicht mehr schüchtern.

Und sie stürzte sich auf die Oberschwester des Perpetuellen Elends wie eine halb aufgegessene Nuss, die sich an einem gierigen Eichhörnchen rächt.

Beide Nonnen kullerten die Treppe hinunter und überschlugen sich wieder und wieder*, bis sie als zerwühltes Knäuel unten ankamen. Nancy und ich flitzten hinterher, um Schwester Esther Erste Hilfe

* *Und wieder und wieder.*

zu leisten, falls es nötig war – und Schwester Oberin auch, wenn es unbedingt sein musste, obwohl
wir lieber darauf verzichtet hätten.

Aber beide waren bereits aufgesprungen.

Alle drei rannten wir wieder los, dicht gefolgt
von Schwester Oberin.

Schon bald gesellte sich Schwester Unterin dazu … und Schwester Überhaupt … und Schwester
Linksherum … und Schwester Nebenbei. (Ich muss
sie nicht noch mal alle aufzählen. Ihr kennt sie ja.)

Schwester Obendrüber war die Letzte. Sie war
zuerst die Treppe hochgegangen, um ihr schönes
Zimmer zu inspizieren, und war entrüstet.

»Was ist das für ein grässlicher Gestank?«, schrie
sie, als sie sich der Verfolgung anschloss.

»Ich weiß es nicht«, rief Nancy beim Rennen über
die Schulter, »aber es roch irgendwie fürchterlich –
und ich meine **FÜRCHTERLICH** – vertraut.«

»Können wir bitte später darüber reden?«, rief
ich, weil ich Angst hatte, dass ich diese Schmach
nie verwinden würde.

Wir sprinteten in Türöffnungen hinein und hinaus, um Säulen herum und unter Bögen hindurch.

Manchmal wurden wir voneinander getrennt und fanden uns mitten in der Gruppe unserer Verfolgerinnen wieder, oder wir verfolgten sie, statt umgekehrt, und alle mussten anhalten und die Plätze tauschen und sich für die Verwirrung entschuldigen.

»Geh ruhig vor.«

»Nach dir.«

»Nein, nach dir. Ich bestehe darauf.«

»Bei mir gibt's nichts zu bestehen!«

»Ich bestehe, bei wem ich will. Wie willst du mich denn daran hindern, hä?«

»Bitte, Schwestern, keinen Streit!«

»Sie hat angefangen.«

»Hab ich nicht!«

»Hast du wohl!«

»Können wir jetzt bitte Himmel und Hölle spielen?«*

Am Ende gab es nur eine Tür, durch die wir noch nicht geflitzt waren. Wir waren schon etwas müde, als wir durch sie hindurchstürmten. Wir

* Es war nicht leicht, so viele Nonnen bei der Stange zu halten.

kamen in einen großen Raum, in dessen Mitte sich etwas **GEWALTIGES** vom Boden bis zur Decke erhob, so als würde es das Dach stützen.

Das geheimnisvolle **gewaltige Etwas** war von einem Tuch bedeckt, das seine Gestalt verbarg.

»Da drüben!«, sagte Nancy und zeigte auf einen Ausgang auf der anderen Seite des Raums.

»Wo?«

»Da!«

»Neben dem Stuhl?«

»Exakt!«

Irgendwie verhedderten sich in dem ganzen Durcheinander unsere Füße und wir stolperten.

Ich streckte die Hände aus, um mich irgendwo festzuhalten, bekam den Rand des Tuchs zu fassen und riss es herunter. Es fiel wie ein großes Segel, wenn die Taue durchtrennt wurden, und begrub uns drei unter sich.

Als wir uns befreit hatten, starrte ich entsetzt zu dem empor, was das Tuch verhüllt hatte.

Es war eine riesige Statue von Tante Brunhilda.*

---

* *Jetzt wisst ihr, warum ich sie vorhin erwähnt habe.*

Es kommt schlimmer

Tante Brunhilda war die **Oberschurkin** in meinem ersten Abenteuer. Sie hatte versucht, die Weltherrschaft an sich zu reißen, wie es **Oberschurken** zu tun pflegen, weshalb sie jetzt im Gefängnis saß.

Ich hatte gedacht, ich würde sie nie wiedersehen. Doch da war sie, lebensgroß.

Um genau zu sein, **GRÖSSER** als lebensgroß, denn ihre Statue füllte die Halle vom Boden bis zur Decke. Was hatte ihr gigantisches Ebenbild in Kloster Muckel zu suchen?

Die anderen Nonnen blieben stehen, als sie Tante Brunhilda in ihrer ganzen grässlichen Pracht sahen.

Sie riefen: »Sei gegrüßt, Schwester Niedertracht!«

und warfen sich ihr zu den steinernen Füßen auf den Boden.

»*Wie* haben Sie sie genannt?«, fragte ich.

»Schwester Niedertracht«, wiederholte Schwester Oberin. »Sie ist die wahre Leiterin unseres Ordens und wirklich niederträchtig. Ich vertrete sie nur, solange sie anderweitig entsorgt ist. DIE HIER tragen wir ihr zu Ehren.«

Die Schwestern des Perpetuellen Elends erhoben sich vom Boden und lüpften ihre schwarzen Gewänder, unter denen die gleichen Nagelstiefel zum Vorschein kamen, wie Tante Brunhilda sie trug.*

»Die Stiefel waren der einzige Teil des Outfits, der mir nicht gefallen hat«, bemerkte Schwester Esther. »Von den Nägeln habe ich Blasen bekommen. Deshalb trage ich heimlich die hier.«

* Das erklärt die schweren Schritte.

Sie hob ihre Kutte und enthüllte ein Paar flauschige rosa Hausschuhe.

»Damit konnte ich mich letzte Nacht unbemerkt zu Jack schleichen«, verriet sie.

Die anderen Nonnen schnappten entsetzt nach Luft.

»Hausschuhe sind schlimm genug, aber was du getan hast, Jack, ist unverzeihlich«, sagte Schwester Oberin und packte mich an der Schulter. »Deinetwegen ist Schwester Niedertracht nicht mehr bei uns in Kloster Muckel, wo sie hingehört.«

»Das lag an ihrer eigenen Dummheit«, erwiderte Nancy.

»Wir werden uns wohl darauf einigen müssen, dass wir unterschiedlicher Meinung sind, an wessen Dummheit es lag«, sagte Schwester Oberin. »Es ist zu spät, um die ganze Geschichte noch einmal aufzurollen. Was glaubst du, warum wir dich nach Schottland gelockt haben, Jack? Von dem Moment an, als wir erfuhren, was unserer geliebten Schwester Niedertracht in Königsruh widerfahren war, schworen wir Rache!«

»Was haben Sie mit uns vor?«, fragte ich.

»Das werdet ihr schon herausfinden«, sagte Schwester Oberin. »Schwester Sowieso, hol den Schlummertrunk!«

So sehr wir uns auch wehrten – und das taten wir –, die Nonnen hielten Nancy, Schwester Esther und mich mühelos fest und drückten uns Tücher vor die Nasen, die mit demselben übelriechenden Gebräu getränkt waren, das Stoop betäubt haben musste.

Ich versuchte wach zu bleiben, aber das Gebräu war zu stark. Ich gab ein gewaltiges Gähnen von mir, und die Lichter in meinem Kopf gingen aus.

Es kommt schlimmerer

Als ich die Augen aufschlug, befand ich mich an einen Pohl* gefesselt in flachem Wasser.

Es gab noch zwei weitere Pohle, einen auf jeder Seite. An den einen war Nancy gefesselt, an den anderen Schwester Esther.

Schwester Oberin stand am Rand des Sees und schaute ungeduldig auf ihre Uhr. »Das wurde aber auch Zeit«, sagte sie, als sie sah, dass wir aufgewacht waren. »Ich habe Schwester Sowieso gesagt, sie soll sparsam mit dem Trunk umgehen, aber sie ist manchmal etwas übereifrig.«

---

* Und damit meine ich einen Pfosten
und nicht den Nord- oder Südpol, was man
übrigens auch anders schreibt.

»Was haben Sie mit uns vor?«, fragte ich, wie ich es schon im letzten Kapitel getan hatte, jedoch ohne eine Antwort zu bekommen.

Diesmal bekam ich eine Antwort. Die mich allerdings nicht beruhigte.

»Wir werden euch opfern«, sagte Schwester Oberin. »Dich zuerst, Jack. Dann Nancy. Und zuletzt Schwester Esther. Wir wollten euch eigentlich alle auf einmal opfern, aber dann dachten wir, dass es mehr Spaß macht, wenn wir es nacheinander tun.«

Ich schluckte. Von allen Dingen, die Schwester Oberin hätte sagen können, gehörte Opfern zu den unangenehmsten Optionen.

»Das müssen Sie nicht«, flehte ich.

»Das wissen wir«, sagte Schwester Oberin und verdrehte die Augen. »Aber wir hatten eine Aussprache und haben beschlossen, dass wir es wirklich, **WIRKLICH**, **WIRK-LICH** wollen, und mehr kann man etwas gar nicht wollen. Es sei denn, man will es wirklich, **WIRKLICH**, **WIRKLICH**, **WIRKLICH**.*

---

* *Was, wie schon gesagt, albern wäre.*

Kurz gesagt, uns ist nichts eingefallen, was wir lieber wollten. Wir haben darüber abgestimmt und so weiter, und jetzt gibt es gleich drei Opfer für das Monster von Loch Less.«

»Moment mal«, sagte ich und bemühte mich, nicht zu grinsen, um mich nicht zu verraten. »Sie wollen uns dem Monster von Loch Less opfern?«

»Habe ich das nicht gerade gesagt?«

»Bitte, nein, nicht das Monster von Loch Less«, schluchzte ich und gab mir Mühe, überzeugend zu klingen. »Alles, nur das nicht!«

Schwester Oberin sah mich enttäuscht an, als hätte sie mehr von mir erwartet.

»Bist du jetzt fertig?«, fragte sie.

»Vorerst schon«, sagte ich, »aber vielleicht schluchze ich gleich noch ein bisschen, wenn die Opferzeremonie beginnt.«

»Gut. Denn ich konnte mich gerade des Eindrucks nicht erwehren, dass du nur so getan hast, als hättest du Angst, weil du dachtest, wir wollten euch wirklich dem Monster von Loch Less opfern.«

Ich war verwirrt.

Verdutzt.

Manche würden sogar sagen, verdattert.

»Das haben Sie also NICHT vor?«, fragte ich.

»Warum sollten wir?«, lachte Schwester Oberin. »Lessie ist harmlos. Unter uns gesagt, Jack, habe ich sogar den Verdacht, dass sie ein U-Boot ist. Nein, wir opfern euch dem ECHTEN Monster von Loch Less!«

Schwester Oberin drehte sich um und blickte übers Wasser.

Es begann zu brodeln und zu schäumen, als würde die kalte Suppe, an die es erinnerte, endlich auf dem Herd erhitzt. Bei der Erinnerung, wie Dads Eintopf ausgebrochen war, beobachtete ich den Aufruhr mit Unbehagen.

In Ufernähe gab es ein Plitschern ... dann ein Plätschern ... dann ein Platschen ... und ein Plotschen.

Und schließlich einen Knallplatscher.

Ein Kopf tauchte aus dem Wasser.

Ein dunkler Kopf mit flammenden Augen und Rauch, der aus den Nüstern quoll.

Es war der Noggel.

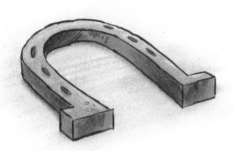

Das letzte Kapitel aller Zeiten

Wenn ich meine Hände hätte losbinden und das Monsterjägerhandbuch ein letztes Mal zur Hand nehmen können, so hätte der Titel auf der Vorderseite gelautet: *Monsterjagen für Jungs, die wissen, dass ihr letztes Stündlein geschlagen hat.*

Gestern Abend hatte ich den Eintrag über Noggel gelesen. Mit ihnen war nicht zu spaßen.

Dieses Monster würde uns in seine Höhle unter dem Wasser ziehen und ausweiden, und wir konnten nichts dagegen tun.

Schritt für Schritt kam er auf uns zu, das hässliche nietenbesetzte Zaumzeug mit den Metallketten noch immer um den Kopf, seine Augen wurden immer feuriger und der Rauch aus seinen Nüstern wallte immer stärker, je näher er kam.

Mit dem Gesicht nur wenige Zentimeter vor mei-

nem blieb der Noggel stehen. Ich spürte seinen heißen Atem auf meiner Haut, als sich sein Maul weit
öffnete.

Der starke Rauchgeruch brachte mich zum Würgen. Seine glühenden Augen bohrten sich in meine.

Dies würde das kürzeste Kapitel meiner bisheri-
gen Abenteuer werden. Und auch das letzte. Ich
kniff die Augen fest zu und hoffte, dass er mich
wenigstens schnell verschlingen würde, anstatt
zwischen den einzelnen Happen
Pausen einzulegen, damit niemand ihn für gierig hielt.

Adieu, du grausame
    Welt!

Das letzte Kapitel nach dem letzten Kapitel aller Zeiten

Ich war noch nicht tot.

Das war normalerweise ein **gutes Zeichen**.

Ich öffnete meine Augen einen winzigen Spalt.

Der Noggel war noch da und starrte mich mit einem seltsamen Ausdruck an.

»Was ist hier los?«, rief Schwester Oberin empört, weil ich noch nicht verschlungen worden war.

»Keine Ahnung«, sagte ich. »Aber ich werde Sie informieren, sobald ich es herausgefunden habe.«

Anscheinend hatte ich zu früh gehofft. Das Noggelmaul öffnete sich wieder.

Würde ich doch noch gefressen werden, nur langsamer, als ich noch vor wenigen Augenblicken gehofft hatte?

Eine lange, raue Zunge schob sich aus den Noggellippen und … leckte mein Gesicht vom Kinn bis zu den Augenbrauen und überall dazwischen ab.

Sie war ein bisschen zu klebrig für meinen Geschmack, aber immerhin besser als Zähne.

Ich hatte Angst, den Mund zu öffnen, um nicht versehentlich Noggelspucke zu schmecken.

»Mgghmmmfffbbbmmmgg?«, murmelte ich in die Noggelzunge hinein.

Glücklicherweise verstand – oder erriet – Nancy, was ich zu fragen versuchte.

»Er erkennt dich«, sagte sie. »Du bist der Junge, der ihm sein letztes Würstchen im Schlafrock geschenkt hat. Der Noggel KANN dich nicht fressen.«

Wie zur Bestätigung leckte mich der Noggel erneut ab, wobei die kettenartigen Zügel an seinem Zaumzeug klirrten. Diesmal wanderte seine Zunge in meine Nase.

Das muss für den Noggel noch unangenehmer gewesen sein als für mich.*

* Stimmt nicht. Mittlerweile weiß ich, dass Noggel nichts lieber mögen als frische Popel.

»Noggel«, sagte ich, »wärest du so nett, unsere Ketten durchzubeißen und uns zu befreien?«

Was ich eigentlich sagte, war »Gggmmmhmmm-fffmmmggbbb«, aber der Noggel schien mich auch so zu verstehen.

Er streckte seinen Kopf hinter den Pohl, wo meine Hände befestigt waren, und biss die Metallglieder der Kette durch, als wären es Zwiebelringe.

In Sekundenschnelle war ich frei. Der Noggel tat dasselbe für Nancy und Schwester Esther.

»Ich muss zugeben, dass ich diese **unerwartete Wendung** nicht erwartet habe«, erklärte Schwester Oberin. »Deshalb nennt man sie wohl unerwartet. Ich hatte angenommen, wir wären um diese Zeit längst wieder im Kloster und würden ein herzhaftes nach-öpferliches Bratengericht genießen.«

Nancy und ich legten dem Noggel die Arme um den Hals, um uns für unsere Rettung zu bedanken, aber er zuckte bei der Berührung zurück, als hätte er Schmerzen.

»Sieh mal«, bemerkte ich. »Das Zaumzeug ist so eng, dass es dem armen Tier in die Haut schneidet.«

»Ich frage mich«, begann Nancy, die sich oft etwas fragte.

»Was fragst du dich?«, fragte ich.

»Ich frage mich«, sagte sie, »ob *Monsterjagen für Fortgeschrittene* falschliegt. Es wäre ja nicht das erste Mal.«

»Du meinst …?«

»Ja. Genau das meine ich«, sagte Nancy. »Zumindest, wenn du meinst, dass ich meine, dass man die Kontrolle über einen Noggel nicht dadurch erlangt, dass man ihm das Zaumzeug *stiehlt*, sondern dadurch, dass man ihm das Zaumzeug *anlegt*. Wildpferde sind nicht dafür gemacht, Zaumzeug zu tragen! Was, wenn es dem armen Ding wehtut?«

»Lass es uns ausprobieren«, sagte ich.

Schwester Esther trat heran, um uns zu helfen. Wir ignorierten die Rufe der Nonnen, die uns anflehten, dem Pferd das Zaumzeug nicht abzunehmen, und es gelang uns, es zu lockern und vom Kopf des Noggels zu lösen.

Das Zaumzeug war so schwer, dass wir es alle drei zusammen auf den Boden legen mussten.

Wie war es möglich, dass der Noggel unter diesem furchtbaren Gewicht nicht auf den Grund von Loch Less gesunken war?

Das Pferd legte den Kopf zurück und wieherte fröhlich, bevor es im Kreis lief und zurückkam, um uns abzulecken.

»Hffmmmggmmbbbmmgg«, sagte Nancy, als sie erfuhr, wie es ist, von einer nassen Noggelzunge das Gesicht gewaschen zu bekommen.

Ich ahnte, was sie damit sagen wollte.

Nämlich: »Wer könnte so böse sein, einen freundlichen Noggel unter seinen niederträchtigen Einfluss zu bringen?«

»Mir würde da schon jemand einfallen«, sagte ich, drehte mich zu den Schwestern des Perpetuellen Elends um und bedachte sie mit einem Blick, der sagte, dass sie es lieber schleunigst zugeben sollten.

Immer noch nicht das letzte Kapitel

»Na dann, herzlichen Glückwunsch«, sagte Schwester Oberin und schenkte Nancy und mir einen langsamen Applaus.

»Ihr habt unseren **abscheulichen Plan** durchschaut.«

»Nicht ganz«, sagte ich. »Wir wissen immer noch nicht, warum Sie diesen unschuldigen Noggel gequält haben.«

»Wir brauchten ein neues Zuhause«, erklärte sie. »Schwester Niedertracht hat in einer alten Legende gelesen, dass Noggel am besten für diese Aufgabe geeignet sind. Sie hat ein Zaumzeug nach eigenen

Entwürfen angefertigt*, sich eines Nachts am Ufer von Loch Less versteckt, als der Noggel zum Grasen aus dem See kam, und es ihm übergeworfen, etwa so, wie man auf dem Jahrmarkt einen Ring über einen Stab wirft. Und schon war er in unserer Gewalt und hatte keine andere Wahl, als uns ein Kloster zu bauen.«

»Wie kann er etwas bauen, wenn er nur Hufe hat?«, fragte Nancy, die schon immer einen Riecher für Ungereimtheiten hatte.

»Woher soll ich das wissen?«, sagte Schwester Oberin mit einem Achselzucken. »Vermutlich verfügen Noggel über eine einzigartige Klosterbaumagie.«

»Sie können nicht jedes Mal Magie als Erklärung nehmen, wenn Sie etwas nicht verstehen«, sagte Nancy missbilligend.

»Vielleicht hat er auch ein paar Gnome eingestellt, die es für ihn gemacht haben«, sagte Schwester Oberin. »Jedenfalls wurde die ganze Nacht hindurch gehämmert und gesägt, und am nächsten

---

* *Das erklärt die Nägel.*

Morgen stand Kloster Muckel da. Es gab nur einen Haken.«

»Den gibt es meistens«, warf ich ein.

»Am ersten Jahrestag des Klosterbaus, sagte Schwester Niedertracht, müssten wir dem Noggel ein Opfer darbringen. So stand es in den alten Legenden. Damals dachten wir uns nicht viel dabei. Ein Jahr schien weit weg. Erst kürzlich merkten wir, dass der Tag nahte, und kamen zu dem Schluss, dass *du* das perfekte Opfer wärst. Damit konnten wir zwei Fliegen mit einer Klappe schlagen: dich dafür bestrafen, was du Schwester Niedertracht angetan hast, und den Noggel zufriedenstellen. Also schrieben wir dir und baten dich um Hilfe, in der Hoffnung, dass du kommen würdest. Ehrlich gesagt überrascht es mich, dass du darauf reingefallen bist, Jack. Lubber sind nicht gefährlich. Sie sind lediglich eine Plage. Wie Flöhe. Sie loszuwerden ist Pillepalle.«*

»Heißt das, der Noggel braucht immer noch ein Opfer?«, fragte ich, obwohl mir das höchst unwahr-

---

* *Ich konnte beinahe Stoops Stimme in meinem Kopf hören: »Was habe ich gesagt?«*

scheinlich erschien, da er sich wie ein übermütiges Fohlen in den Blumen wälzte und an einem Baumstumpf den juckenden Hintern kratzte.

»Wenn du glaubst, du könntest MICH dem Noggel opfern«, sagte Schwester Oberin, »vergiss es.«

»Warum nicht?«, fragte ich. »Sie wollten uns doch auch opfern.«

»Das ist etwas anderes. Wir sind böse und ihr nicht. Ihr hättet gar nicht den Mumm, es durchzuziehen. Und außerdem gibt es immer noch viel mehr von UNS als von EUCH.«

Hinter Schwester Oberin sah ich all die anderen Schwestern des Perpetuellen Elends, die sich zum Kampf bereit machten.

Bereit oder nicht

Wie ich vielleicht schon erwähnt habe, war Mathe in der Schule nie mein bestes Fach. Aber selbst ich konnte sehen, dass wir in der Unterzahl waren.

Ich führte eine rasche Zählung durch, um herauszufinden, wie sehr wir unterlegen waren.

Auf unserer Seite waren ich, Nancy, Schwester Esther und der Noggel. Das machte vier.*

Uns gegenüber standen Schwester Oberin … Schwester Unterin … Schwester Hintenrum … Schwester Vornedran … Schwester Sowieso … Schwester Überhaupt … Schwester Obendrüber …

Ich gab auf, als mir die Finger ausgingen.

Es gab HAUFENWEISE Schwestern, und nur eine von ihnen war auf unserer Seite.**

»Ergebt euch, dann schonen wir euch vielleicht«,

---

* *Das konnte sogar ich ausrechnen.*
** *Schwester Esther, falls es jemandem entgangen sein sollte.*

bot Schwester Oberin an. »Vielleicht aber auch nicht, denn wir sind ziemlich böse.«

»Niemals!«, schworen wir. »IHR solltet euch ergeben. Denn gleich kommen wir, ob ihr bereit seid oder nicht.«

»Ihr und welche Armee?«, höhnte sie.

»Bills Armee!«, ertönte da eine Stimme, die ich gut kannte.

Die Straße hinunter aus der Richtung von Kloster Muckel marschierte ein Trupp Lubber mit Bill an der Spitze, bereit, Bills Versprechen einzulösen, uns zu helfen, wenn wir einmal in der Klemme steckten. Bald waren Lubber hier, Lubber dort, Lubber fast an jedem Ort.*

»Oh«, sagte Schwester Oberin. »Ihr habt ja wirklich eine Armee. Das ist aber ärgerlich.«

»Genauer gesagt zwei«, verkündete eine zweite, ebenso willkommene Stimme.

Als ich zum Ufer blickte, sah ich Borborygmus, die Gasmächtigste Herrscherin der **Seegeschöpfe**, die ihre Leute aus den trüben Tiefen an Land führte.

---

* *Also etwa so, wie es in der Nachricht der Schwestern des Perpetuellen Elends gestanden hatte.*

Nun trugen sie selbst Taucheranzüge mit Schläuchen, die von ihren Köpfen in den See führten, um sie mit Wasser zu versorgen, damit sie atmen konnten, und Speere, die aus langen Kieferknochen von Fischen gefertigt waren.

»Wir haben beschlossen, uns nicht länger zu verstecken, **Großartiger**«, blubberte Borborygmus in ihrem Helm, während sie das Ufer hinaufstieg.

»**Großartiger?**«, fragte Nancy und zog eine Augenbraue hoch.

»Lange Geschichte«, sagte ich verlegen.

Die Seegeschöpfe gesellten sich zu uns und stellten sich den Lubbern höflich vor, und die Lubber stellten sich ebenfalls vor.*

Die Lubber waren sehr angetan von den Blubbergeräuschen, die aus den Hosenböden der Seegeschöpfe kamen, und versuchten – mit großem Erfolg –, den gleichen Effekt in der Luft zu erzeugen.

»Eure zwei Armeen schrecken uns nicht«, behauptete Schwester Oberin, aber es lag ein Anflug von Zweifel in ihrer Stimme.

---

* *Es war sehr viel leichter, sich die Namen der Lubber zu merken als die der Seegeschöpfe.*

»Wie wäre es dann mit DREI Armeen?«, fragte Nancy und deutete mit dem Finger in die Ferne.

Draußen auf dem Wasser kam die *Fette Beute* in Sicht, mit ihrer berühmten Schmuggler-Kapitänin, gefolgt von einer riesigen wabernden Nebelwolke.

»Ich habe Rochester gestern Abend gebeten, die Nebelwichte zu holen, als wir erfuhren, dass Sie Jack in Ihren Fängen hatten«, sagte Nancy zu Schwester Oberin. »Ich dachte, sie könnten vielleicht nützlich sein.«

Im Nu war die Sicht auf wenige Meter geschrumpft, und der Geruch von Haferschleim erfüllte die Luft, als die Nebelwichte mit ihren rüsselartigen Nasenlöchern und ihrem verzerrten Grinsen herumwirbelten, um ihrer neuen Freundin Nancy in der Stunde der Not zu helfen.

»Wir haben doch keine Angst vor ein bisschen Nebel«, sagte Schwester Oberin, als die Schwestern des Perpetuellen Elends alle gleichzeitig in ihre Kutten griffen und die nadelspitzen Schwerter hervorholten, die sie dort schon die ganze Zeit versteckt hatten.

Das war ihr größter Fehler.

Kampf!

Schwester Oberin wurde als Erste angegriffen. Die
Nebelwichte packten sie am Fußgelenk, wirbelten
sie herum, um Schwung zu gewinnen, und schleu-
derten sie dann mit enormer Geschwindigkeit in
die Ferne, wo dicke, klamme, haferschleimige Luft
sie verschluckte.

Ein neue Runde Wumms-Peng hatte begonnen.

Die Schwestern des Perpetuellen Elends eilten
Schwester Oberin zu Hilfe, so schnell es ihre
schweren Nagelstiefel zuließen, aber sie waren den
Nebelwichten nicht gewachsen.

Eine nach der anderen wurden die Nonnen auf
die gleiche Weise vom Boden hochgehoben und
wie Bohnensäckchen hin- und hergeschleudert. Ich
konnte nicht umhin, ein bisschen Mitleid mit ihnen
zu empfinden. Ich wusste ja, wie das war. Jedes
Mal, wenn es einer von ihnen gelang, sich aus den
Fängen der Nebelwichte zu befreien, stürzten sich

die Seegeschöpfe auf sie und pikten ihnen mit ihren Fischgrätspeeren in den Allerwertesten.

Die Nonnen sprangen in die Luft, um den scharfen Spitzen zu entkommen, und wurden prompt für eine weitere Runde Wumms-Peng eingesammelt.

Die Lubber waren beim Raufen zwar weniger erfolgreich, aber sie amüsierten sich trotzdem prächtig, galoppierten kichernd im Kreis und freuten sich darüber, dass die Nonnen ihre gerechte Strafe bekamen.

Rochester war hauptsächlich damit beschäftigt, Nonnen aus dem Wasser zu fischen und triefnass am Ufer abzusetzen, wo sie prompt von den Nebelwichten für eine weitere Runde Wumms-Peng eingesackt wurden.

»Geben Sie auf?«, rief ich Schwester Oberin zu, als sie an mir vorüberzischte.

»Jaaaaaaaaaaaaaaaaa!«

»Und geloben Sie, nie wieder einen Noggel zu fangen?«

»Wiiiiirgeloooooobenes!«

»Und nie wieder Lubber und Geister zu quälen?«

»Wennesseiiiiinmuss!«

Damit war Nancy zufrieden.

»Nebelwichte, hört auf!«, befahl sie.

Die Nonnen flatterten wie zerzauste Elstern Richtung Erde, plumpsten ins Gras und blieben dort liegen, um ihren Schwurbel zu kurieren.*

Die letzte und schwurbligste von ihnen, Schwester Oberin, landete mit einem schweren Aufprall in der Mitte.

Noch nie hatten die Schwestern des Perpetuellen Elends so elend ausgesehen.

Nach getaner Arbeit verzogen sich die Nebelwichte und mit ihnen der Geruch von Haferschleim, und es kehrte wieder Ruhe am Loch Less ein.

»Nun sind wir also besiegt«, sagte Schwester Oberin, als sie wieder oben und unten und links und rechts unterscheiden konnte. »Raus mit der Sprache, Jack! Welche grässliche, aber verdiente Strafe hast du für uns auf Lager?«

»Um ehrlich zu sein, ich bin kein Freund von

---

* Es ist nicht gut für die Nerven, beim Wumms-Peng-Spiel das Geschoss zu sein.

Strafen«, sagte ich. »Ich wüsste gar nicht, wo ich anfangen soll. Warum gehen Sie nicht einfach zurück in Ihr Kloster und wir tun so, als wäre das alles nie passiert?«

»Das können wir nicht«, sagte Schwester Oberin traurig. »Das Jahr ist um. Es wurde niemand geopfert. Die Magie, mit der der Noggel das Kloster erbaut hat, ist aufgebraucht. Kloster Muckel wird wohl oder übel …«

»Einstürzen!«, kreischten die Nonnen.

Ein nahes Krachen zeugte vom Schlimmsten.

Kloster Muckel wankte und schwankte und fiel in sich zusammen wie ein Kuchen, der zu früh aus dem Ofen geholt wurde.

Erst als das **GIGANTISCHE** ehemalige Nonnenhaus nur noch ein **MITTELGROSSER** Steinhaufen war, fiel mir ein, dass sich noch ein **ZIEMLICH KLEINER** Mann darin befinden musste.

Aus-
geschlummert!

Nancy und ich schafften es mit doppelter Geschwindigkeit zum **Ort der Zerstörung**. Vielleicht sogar mit dreifacher. Keiner von uns hatte einen Tacho, um es zu überprüfen.

Wir mussten unbedingt erfahren, ob Stoop aufgewacht war und sich hatte in Sicherheit bringen können, bevor die Wände und das Dach von Kloster Muckel über ihm eingestürzt waren.

Der Anblick, der sich uns bot, war **nicht ermutigend**.

Das Einzige, was den Abriss überlebt hatte, war der Tisch, an dem wir* am Vortag gegessen hatten. Er stand einsam in den Trümmern wie ein treuer

---

* Also Stoop.

Wachhund, der noch nicht gemerkt hat, dass es nichts mehr zu bewachen gibt.

Und Stoop saß auf demselben Stuhl wie am Abend zuvor mit dem Kopf in der Kohlschüssel.

Ich kletterte über die Trümmer hinweg und rüttelte sanft an seiner Schulter. Was ich machen würde, wenn sich herausstellte, dass er seinen **letzten Atemzug** getan hatte, wusste ich selbst nicht.

Einen Moment sah es ganz danach aus.

Doch dann zuckte sein Körper plötzlich, als hätte jemand an beiden Seiten seines Kopfes Elektroden angebracht und den Strom angeschaltet, was ich aber natürlich nicht getan habe.*

Stoop klappte in eine aufrechte Position, gähnte und streckte die Arme, bevor er mich in **plötzlicher Verwirrung** ansah. Grün war er nicht mehr.

»Ich muss eingenickt sein«, sagte er verschlafen. »Habe ich was verpasst?«

»Aber nein, Stoop«, beteuerte ich, während er ein Stück staubigen Kohl aus seinem Bart zupfte

---

* *Ich wüsste gar nicht, wie.*

und in den Mund steckte. »Sie haben gar nichts verpasst.«

»Da fehlt Salz«, brummte er und aß einen weiteren Bissen.

»Ich verstehe das nicht«, begann ich, gerade als die Schwestern des Perpetuellen Elends, die wegen ihrer Nagelstiefel nicht die Schnellsten waren, in die Trümmer ihres ehemaligen Klosters geeilt kamen. »Der Noggel ist doch gar nicht böse. Er kann es nicht gewesen sein.«

Der Noggel wieherte, als wollte er sagen: »Genau!«

»Durch was wurde Kloster dann zerstört?«, fragte Schwester Oberin.

»Nicht durch *was*«, sagte Nancy. »Durch *wen*!«

Ich hob schnuppernd die Nase.

Den Geruch kannte ich.

»Hatfield«, sagte ich.

Hüstel, hüstel

Damit meine ich nicht, dass Hatfield stinkt. Der Eigentümer* von Intelligentes Monster-Management hat viele unangenehme Eigenheiten, aber der Duft seiner Achselhöhlen gehört nicht dazu.

Was ich gerochen hatte, war eine Mischung aus Bananen, Marzipan und Furz, wie im Zimmer von Schwester Obendrüber, nachdem Nancy das Loch in die Wand gesprengt hatte**, aber viel stärker. Anscheinend hatte Hatfield seinen gesamten Dynamitvorrat verbraucht, um Kloster Muckel in Schutt und Asche zu legen.

Und genau der erhob sich nun aus den Trümmern.

Sein Haar war verkohlt, und was nach dem Vorfall mit den Chinakrachern noch von seinen Augenbrauen übrig gewesen war, war abgefackelt.

---

  * Und mittlerweile wieder einzige Mitarbeiter.

 ** Ja, da war noch ein anderer Geruch gewesen, aber ich finde wirklich, dass wir den ein für alle Mal vergessen sollten.

Aber davon abgesehen war er für jemanden, der wenige Sekunden zuvor mit hochexplosivem Sprengstoff hantiert hatte, wie aus dem Ei gepellt.

»Warum haben Sie das getan?«, rief ich. »Sie hätten jemanden umbringen können!«

»Mach mir keine Vorwürfe«, sagte Hatfield und pulte sich den Staub aus den Ohren. »Es war nicht abzusehen, dass die Explosion so verheerend sein würde. Irgendjemand hat eine enorme Menge Gas freigesetzt, genau als das Dynamit explodieren sollte, und … kabumm! … ging alles in die Luft.«

»Das tut mir leid«, entschuldigte sich Stoop. »Ich hatte eine enorme Menge Kohl gegessen. Irgendwo muss die Pupsenergie ja hin, auch wenn ich schlafe.«

(Kein Witz. Zu Hause wurde ich nachts oft von lautem Donnergrollen geweckt, das aus dem Schuppen am Ende des Gartens kam.)

»Aber warum wollten Sie Kloster Muckel überhaupt in die Luft jagen?«, fragte ich verwirrt.

»Hast du es noch nicht erraten?«, fragte Nancy. »Es war Hatfield, der diesen ganzen brillanten – wenn auch überkomplizierten – Plan in Gang gesetzt hat.«

»So ist es«, sagte Hatfield. »Ich musste einmal
ins Krankenhaus, nachdem ich die Nonnen singen
gehört hatte. Ich wusste, dass sie Mop und Mo mit
ihrer Chorprobe vertreiben würden. Und wenn
man sie dann überreden könnte, ins Schloss zu ziehen, würde das die Lubber verscheuchen – und wo
wäre ein besseres neues Heim für sie als unter den
Bodenfliesen von Kloster Muckel?«

Ich wusste, was jetzt kommen würde.

»Ja, Jack, ich bin der geheimnisvolle Fremde!«
Hatfield lachte ein **teuflisches Lachen**, aber er
war nicht sehr gut darin. Es klang eher, als würde
er eine Ente nachmachen.*

»Es musste Hatfield gewesen sein«, sagte Nancy.
»Er ist der Einzige hier, der eine Kapuze hat. Was
bei genauerer Betrachtung seltsam ist, wo es hier so
viel regnet.«

Stoop erklärte, dass er sich treten könnte, weil er
nicht selbst darauf gekommen war. Und das tat er
dann auch, einmal mit jedem Fuß gegen das andere
Schienbein.

---

* *Eine Ente, die nicht sehr gut teuflisch lachen kann.*

»Damit wäre einiges geklärt«, sagte ich. »Aber warum Sie Kloster Muckel zerstört haben, wissen wir immer noch nicht.«

»Aus Rache, was denn sonst?«, sagte Hatfield. »Ich wurde nur deshalb zum Geheimnisvollen Fremden, weil die Schwestern des Perpetuellen Elends mich angeheuert haben, um dich rechtzeitig zur Opferung nach Muckel zu locken. Ich habe meinen Teil der Abmachung eingehalten, aber als ich Schwester Oberin die Rechnung präsentierte*, wollte sie nichts ausspucken. Nein, das stimmt nicht, sie hat sehr wohl etwas ausgespuckt. Nämlich Spucke. Es war ekelhaft. Aber sie wollte keinen Penny herausrücken. Da beschloss ich, mich zu rächen, indem ich ihr Kloster in die Luft jagte. Ich bin nicht wie Poop. Ich kann nicht nur aus Spaß an der Sache arbeiten.«

Stoop murmelte, dass es ihm einigen Spaß an der Sache bereiten würde, Hatfields Kopf in einen Berg Korinthenkacker-Dung zu stecken, wenn er nicht bald anfing, seinen Namen richtig auszusprechen.

---

* *Damit meint er eine Geldforderung und nicht seine Mathehausaufgaben.*

»Aber ich habe Ihnen doch von Anfang an gesagt, dass wir kein Geld haben«, empörte sich Schwester Oberin. »Sie sagten, Sie würden es gerne tun, um Werbung für Ihr neues Business zu machen.«

»Ich habe meine Meinung geändert«, erwiderte er. »So weiße Beißerchen haben ihren Preis, wissen Sie?«

Hatfield versuchte sein berühmtes Lächeln aufzusetzen, aber seine Zähne waren jetzt schwarz von Ruß. Einige fehlten sogar. Die Explosion hatte sie ihm einfach aus dem Mund gepustet.

Alle lachten, als er auf der Suche danach durch die Trümmer kroch.

»Ich denke, alles in allem haben wir bekommen, was wir verdient haben«, sagte Schwester Oberin, »aber wir haben einen **furchtbaren Preis** dafür gezahlt.«

Und sie zeigte auf zwei riesige steinerne Nagelstiefel inmitten der Trümmer.

Hitzige Nonnen

»Schwester Niedertracht ist nicht mehr«, sagte Schwester Oberin traurig und senkte das Haupt.

»Ich konnte sie sowieso nie leiden«, murmelte eine rebellische Stimme aus den Reihen der anderen Nonnen.

»*Was* hast du gesagt, Schwester Unterin?«, fragte Schwester Oberin hitzig.

»Ich habe gesagt, dass ich sie noch nie leiden konnte, und ich stehe dazu«, sagte Schwester Unterin noch hitziger.

»Ich habe sie gehasst«, fügte Schwester Nebenbei am allerhitzigsten hinzu, »aber ich hatte Angst, es laut zu sagen. Schwester Niedertracht war BÖSE. Einmal ließ sie mich eine ganze Woche lang Kopfstand machen, weil sie mich bei einem unerlaubten Lächeln erwischt hatte.«*

»Tja, wir sind nun mal die Schwestern des Perpetuellen Elends«, betonte Schwester Oberin, »und nicht die Schwestern der Kontinuierlichen Fröhlichkeit.«

»Kontinuierlich heißt auch immerwährend«, flüsterte Nancy mir wieder einmal hilfreich zu.

»Ich weiß!«, sagte ich.**

»Es ist mir egal, wie wir heißen«, sagte Schwester Obendrüber so hitzig, dass ihre Augenbrauen zu flackern begannen. »Mir hat es noch nie gefallen, eine Nonne zu sein.«

»Mir auch nicht«, sagte Schwester Sowieso. »Es war langweilig und diese Nagelstiefel sind total unbequem. Ich wünschte, wir hätten auch solche rosa Flauschpantoffeln wie Schwester Esther.«

»Ich habe immer davon geträumt, Entdeckerin zu werden«, fügte Schwester Überhaupt hinzu.

»Ich will Rennfahrerin werden«, sagte Schwester Obendrüber.

* *Ich kann bestätigen, dass Tante Brunhilda das tatsächlich gerne tat.*
** *Stimmte auch diesmal nicht.*

»Wir haben heimlich Pläne geschmiedet, wegzu-
laufen und ein Heim für streunende Katzen zu er-
öffnen«, gestanden Schwester Vornedran und
Schwester Hintenrum.

»Darf ich bei euch arbeiten?«, fragte Schwester
Unterin.

»Du wärst uns mehr als willkommen.«

»Ihr könnt euch sicher alle denken, was ich werden will«, sagte die Nonne, die bei unserem ersten
Treffen als Verkehrspolizistin verkleidet gewesen
war.

Sie riss ihre Kutte herunter und zeigte, dass sie
darunter noch immer ihr Lieblingskostüm trug.

Schwester Geht-dich-nichts-an weigerte sich natürlich, ihre Zukunftspläne preiszugeben.

»Am Anfang war ich ganz gerne Nonne«, gab
Schwester Esther leise zu, als alle anderen zu Wort
gekommen waren. »Ihr wisst schon, bevor Schwester Niedertracht uns befohlen hat, böse zu sein.«

Schwester Oberin lächelte Schwester Esther an.

»Warum begraben wir nicht unsere Feindschaft
und gründen einen neuen Orden?«, schlug sie
vor.

»Einen, der nicht böse ist?«

»Wenn du darauf bestehst.«

»Ich bestehe darauf«, sagte Schwester Esther. »Und können wir ihm bitte einen fröhlichen Namen geben? Ich habe die Nase voll vom perpetuellen Elend.«

»Abgemacht«, sagte Schwester Oberin.

»Da bin ich dabei«, verkündete Rochester, die endlich einen Platz gefunden hatte, um die *Fette Beute* festzumachen, und die Landzunge heraufgestiefelt kam. »Eure Kutten sind die perfekte Arbeitskleidung. Wer würde eine Nonne für eine Schmugglerin halten?«

»Um ehrlich zu sein«, sagte Schwester Oberin, »mochte ich Schwester Niedertracht auch nicht besonders. Ich hatte viele schlaflose Nächte und fühlte mich schuldig, weil sie den armen Noggel so schändlich behandelt hat. Mein Arzt sagt, es sei der Schlafmangel, der mich so böse macht.«

»Wenn Sie den Rest Ihres Lebens fertig geplant haben«, sagte Nancy, »werden Sie feststellen, dass Sie etwas übersehen haben.«

»Was denn?«

»Die Prophezeiung«, sagte Nancy. »Schon vergessen?«

»Welche Prophezeiung?«, fragte Hatfield, der gerade versuchte, kleine weiße Steine in sein schwarzes Zahnfleisch zu stecken, in der Hoffnung, dass sie wie Zähne aussahen.

»Haben die Schwestern des Perpetuellen Elends es Ihnen nicht gesagt?«, fragte Nancy. »Kloster Muckel befindet sich auf einem Eingang zur **Unterwelt**. Sollte es je einstürzen, könnten die Kreaturen, die dort leben, herauskriechen und – ehe man sich's versieht – käme **DAS ENDE DER WELT, WIE WIR SIE KENNEN**!«

»Keine Panik«, sagte Schwester Oberin. »Das hat sich Schwester Niedertracht ausgedacht, um uns Albträume zu machen. Wir haben es nur erwähnt, damit ihr unserem **Begehr nachkommt**.«

»Wenn Tante Brunhilda sich das nur ausgedacht hat«, sagte ich mit einem Schlucken, »was ist dann das **ominöse Rumpeln** unter unseren Füßen?«

Massenweise Monster

Bald war es, als stünden wir auf dem Deckel eines riesigen Topfs, in dem etwas heftig brodelte. Etwas noch Schlimmeres als Dads Eintopf musste kurz vorm Explodieren sein. Risse erschienen im Boden.

Durch sie sahen wir Feuer und Lava unter uns brodeln. Ein furchtbarer Gestank erfüllte die Luft. Es stank nach faulen Eiern. Und nicht nach irgendwelchen faulen Eiern, sondern nach faulen Eiern, die so faul sind, dass selbst die anderen faulen Eier nicht neben ihnen sitzen wollen.

Flammen stiegen aus den Ritzen und züngelten um unsere Füße wie die Zunge eines Noggels.

Es war so heiß, wie wenn man die Ofentür öffnet, während der Braten brät, und sofort die Brille beschlägt. Auch jetzt beschlug meine Brille, und wenn sie so geblieben wäre, hätte ich nicht sehen müssen, was aus dem Boden kam.

Als ich durch die Finger spähte, sah ich **Häggel** und **Puckel** ... **Schädelgräber** ... **Firlefanze** und **Schwurbler**.

All die Monster der **Unterwelt**, von denen ich gestern Abend in meinem Buch gelesen hatte, erhoben sich mit schmatzenden Geräuschen aus dem heißen Schlamm.

Sogar **Flittertigibber**.

Flittertigibber

Flittertigibber waren einst dafür bekannt, Kinder zu stehlen, bevor sie merkten, dass sie gar keine Kinder mochten. Nach ein paar Tagen brachten sie sie dann wieder zurück, egal ob ihre Eltern sie noch haben wollten oder nicht. Und oft wollten sie das nicht, weil sie gemerkt hatten, dass sie Geld verdienen konnten, indem sie die Kinderzimmer an Leute vermieteten, die einen Schlafplatz brauchten und denen es nichts ausmachte, über den üblichen Krempel zu stolpern, der in Kinderzimmern herumliegt, um ins Bett zu kommen.

Die Monster schlurften und sprangen und schlitterten auf uns zu, manche auf Schwimmhäuten, manche auf Sprungfedern und manche auf verkrüppelten Zehen, und rissen ihre Mäuler auf, um zu wimmern und zu flüstern, zu jaulen und zu schreien und andere Geräusche von sich zu geben, die zu unsäglich waren, um sie in Worte zu fassen.*

An der Spitze des Rudels stand ein riesiger stierähnlicher Firlefanz, dessen stählerne Hörner vom Feuer, aus dem er gekrochen war, rot glühten.

»Das ist Ihre Chance, es wiedergutzumachen«, sagte ich zu Hatfield. »Bleiben Sie hier und kämpfen Sie mit uns gegen diese schreckliche Armee, um sich des Monsterjägertitels würdig zu erweisen.«

Einen Moment lang dachte ich, Hatfield würde es tun. Dann blickte er zur Seite und sah einen Schwurbler auf sich zutraben. Er war sogar noch hässlicher und furchterregender als auf dem Bild in *Monsterjagen für Fortgeschrittene.*

»Ich denke nicht daran!«, brüllte er.

Er ließ seine steinernen Zähne fallen, drehte sich

---

* *Deshalb waren sie ja unsäglich, denn genau das bedeutet es.*

auf dem Absatz um und floh in die entgegenge-
setzte Richtung.

Er war kein guter Monsterjäger, aber er konnte
ziemlich schnell rennen, das muss man ihm lassen.

Wir anderen machten uns kampfbereit.

Nancy und ich kletterten auf den Rücken des
freundlichen Noggels. Ich holte mein Katapult heraus und reichte Nancy das Holzschwert.*

Stoop löste so viele Waffen von seinem Gürtel,
wie er auf einmal halten konnte, ohne einen Unfall
zu riskieren, denn dies war auch nicht der Moment,
um in der Tasche nach einem Pflaster zu kramen,
falls sich jemand in den Finger geschnitten hatte.

»Ich werde Muckel vor diesen fauligen Bestien
retten, und wenn es mich umbringt«, murmelte er,
bevor er hinzufügte: »Und das wird es wahrscheinlich.«

Rochester gesellte sich zu uns und zauberte ein
paar Pistolen aus den Innentaschen ihres langen
Mantels, während die Nonnen ihre nadelspitzen

---

* *Dies war nicht der Moment, um sich über die gute alte Regel
»Keine Monster verletzen« Gedanken zu machen.*

Schwerter zogen und sich ein zweites Mal zum Kampf bereitmachten, diesmal jedoch auf unserer Seite. Sogar die **Lubber** und die **Seegeschöpfe** blieben standhaft, was sehr mutig von ihnen war. Ich hätte es niemandem verübelt, wenn er weggelaufen wäre.*

»Lasst die Schlacht beginnen!«, röhrte der **Firlefanz**.

Und die Schlacht begann.

* *Außer Hatfield.*

Unser Glück
geht zur Neige

Ich würde ja gerne sagen, dass es ein gewaltiger Kampf war, der in die Geschichte der Monsterjagd eingehen und über den man noch Jahrhunderte später sprechen würde. Aber das wäre gelogen.

Der Kampf war nach ungefähr drei Minuten vorbei. Höchstens viereinhalb.

Ich schaffte es, ein paar Monster mit Steinen von meinem Katapult zu treffen, aber sie prallten an ihrer Haut ab wie Regen an einem Blechdach.

Und gleich beim ersten **Puckel**, auf den sie traf, brannte Nancys Schwert bis auf den Griff herunter, weil das Monster glühend heiß war, nachdem es sich so lange in den **Feurigen Gruben des Verderbens** herumgetrieben hatte.

Die Schwerter der Nonnen waren ebenso nutzlos.

Sie knickten ein oder verbogen sich beim Kontakt mit dem Feind, während Stoop nach etwa sieben Sekunden von einem Häggel plattgemacht wurde und sich für den Rest der Schlacht nicht mehr rühren konnte.

Die **Lubber** und die **Seegeschöpfe** taten ihr Bestes, aber Kämpfen war nicht ihr Spezialgebiet.

Bald waren wir alle gefangen und wurden von verschiedenen Armen, Flossen und Tentakeln festgehalten.

Die **Schwurbler** kümmerten sich um Nancy und Rochester. Die **Puckel** umklammerten die glitschigen **Lubber**. Die **Flittertigibber** fesselten den **Noggel** mit dem Schlauch, der **Borborygmus'** Helm mit dem Wassertank auf ihrem Rücken verband, und hielten beide in Schach, und die übrigen **Seegeschöpfe** wurden von den **Schädelgräbern** im Schwitzkasten gehalten.

Ich für meinen Teil wurde fast vom Gestank nach Hundefutter und saurer Milch überwältigt, als mich ein **Firlefanz** von hinten packte.

»Ihr macht uns keine Angst«, schnaufte Stoop, aber ich muss zugeben, dass er sich da geirrt hat.

Ein möglicher Lebensverlust mochte für professionelle Monsterjäger ein **Berufsrisiko** sein*, aber richtig begeistert waren wir davon nicht.

In diesem Moment war ich sogar alles andere als begeistert.

»Ich mache mir eher Sorgen, was passieren wird, NACHDEM sie uns getötet haben«, sagte Nancy.

»Es gibt TATSÄCHLICH etwas, das wir tun müssen, nachdem wir euch getötet haben«, sagte der **Firlefanz**, »aber ich habe glatt vergessen, was.«

Einer der **Schädelgräber** trat vor und flüsterte ihm etwas ins Ohr. Oder in das Loch an der Seite seines Kopfes, wo das Ohr wäre, wenn er eins hätte.

»Stimmt, ja«, sagte der **Firlefanz**. »Ich Dummerchen. Anscheinend steht das alles in einer alten Prophezeiung. Nicht, dass wir sie je gesehen hätten. Wir gehen nur von dem aus, was Schwester Niedertracht uns erzählt hat. Sie tauchte immer wieder in der **Unterwelt** auf, um uns daran zu erinnern, dass wir uns auf das Ende der Welt, wie wir sie kennen, vorbereiten sollen.«

---

* *Das heißt, man sollte damit rechnen, jederzeit getötet werden zu können.*

»Warum spricht niemand es richtig aus?«, brummte Nancy. »Es heißt **DAS ENDE DER WELT, WIE WIR SIE KENNEN**!«

»Ist das jetzt noch so wichtig?«, fragte ich.

»Es ist immer wichtig, dass die Details stimmen«, behauptete Nancy.

»Tu mir nur einen Gefallen«, sagte Stoop zu dem Monster, unter dessen monströsem Hintern er eingequetscht war. »Lass Crabbit wissen, dass ich versucht habe, Muckel zu retten – und den Rest der Welt auch, wenn möglich, aber vor allem Muckel. Ich möchte, dass er stolz auf mich ist.«

»Aber gerne, da du so nett fragst«, versprach der Häggel. »Ich werde ihn erst hinterher fressen.«

»Du bist ein Gentleman«, sagte Stoop.

Nun war es also so weit. Unser Glück war aufgebraucht. Diesmal war es wirklich aus und vorbei. Wir würden verschlungen werden. Die Welt würde untergehen. Ich würde nie die Chance bekommen, ein drittes Buch über meine Abenteuer zu schreiben.

Und genau das wäre wahrscheinlich wirklich passiert, wenn nicht plötzlich ein Geräusch ertönt wäre, das ich nur zu gut kannte.

Wer hat Angst vor Ooooooh?

»Ooooooooooooh!«

»Ooooooooohh!«

Diese Stimmen hätte ich überall erkannt. Es gab nur zwei Seelen, die so **oooooooooooooooohen** konnten.

Mop und Mo hatten es geschafft, ihre einfarbigen Tischdecken gegen ein paar hübsch gemusterte zu tauschen, und kamen nun zur Ruine von Kloster Muckel emporgeschwebt, wo sie abwechselnd die versammelten Monster **anooooooooohten**.

Ich war gerührt, dass sie uns helfen wollten, aber ich konnte mir nicht vorstellen, was zwei Gespenster gegen eine ganze Monsterarmee aus den tiefsten Tiefen der **Unterwelt** ausrichten sollten.

Dann spürte ich, dass der **Firlefanz**, der mich festhielt, zu zittern begann.

»Du hast doch keine Angst vor ein paar Gespenstern, oder?«, sagte ich und musste fast lachen.

»Es sind also wirklich Gespenster?«, stammelte der Firlefanz. »Ich hatte gehofft, dass ich sie mir nur einbilde.«

»Ja, es sind Gespenster«, sagte ich und begriff, dass dies die Gelegenheit war, **den Spieß umzudrehen**. »Zwei der grässlichsten Gespenster, die Muckel je heimgesucht haben. Verschrängstigend!«

Der Firlefanz schauderte noch mehr.

»Und sie sind nicht die einzigen«, sagte Nancy. »Wir sind auch welche, stimmt's, Jack?«

»Ach ja?«, fragte ich verwirrt.

»Natürlich. Weißt du nicht mehr?« Nancy legte den Kopf zurück und gab ein gewaltiges **»Oooo-ooooooooh!«** von sich.

Da begriff ich und begann ebenfalls zu **Oooo-oooooohen**. Ich war immer noch nicht so gut wie sie, aber es genügte, um die anderen Monster zum Zittern und Beben zu bringen.

»Dieses Geräusch!«, jaulten sie und ließen ihre Gefangenen los, um sich die Ohren zuzuhalten.*

»Hört auf! Wir ertragen es nicht!«

»Es lässt uns das Blut in den Adern gefrieren, und dabei haben wir nicht mal welches«, klagten die Häggel.

»Es lässt unser Fleisch kribbeln«, stöhnten die Puckel, »und wir haben auch keins.«

»Doch, habt ihr, und zwar am ganzen Körper«, bemerkten die Lubber. »Na ja, mehr oder weniger. An einigen Stellen fehlt es, das stimmt.«

Wir waren jetzt alle frei, auch Stoop, aber die Monster waren immer noch gefährlich, solange sie hier oben an der Oberfläche waren und nicht in der **Unterwelt**, wo sie hingehörten.

---

* Sofern sie welche hatten.

So wirkungs-
voll es auch war, das
Oooooooooh würde nicht reichen.
Wir brauchten mehr Munition.

»Schnell!«, sagte ich zu den Nonnen. »Singt!«

Schwester Oberin verstand sofort, wor-
auf ich hinauswollte. Eilig versammelte
sie die Schwestern des Perpetuellen
Elends in einem Kreis um sich herum,
um mit ihrer allerletzten Chorprobe
zu beginnen.

Der Lärm war unerträglich. Wären
sie nicht auf unserer Seite gewesen, hätte
ich mich augenblicklich ergeben, damit sie aufhörten.

Auf die **Häggel**, **Puckel**, **Schädelgräber**,
Flittertigibber und **Schwurbler**
hatte er die gleiche Wirkung.

Sie schrien alle miteinander und stürzten sich kopfüber in den flammenden Riss im Boden.

Der **Firlefanz** sprang als Letzter von allen.

Mit einem schmatzenden Geräusch schloss sich der Boden über ihnen.

»Gut gemacht! Ihr habt die Welt vor dem Ende bewahrt!«, rief Nancy Mop und Mo zu, während die Lubber aufgeregt um die beiden herum und sogar durch sie hindurch tanzten. Ihre Angst vor den Gespenstern war verflogen.

»Sieh mal, Mop«, sagte Mo, »das sind die lustigen Kerlchen, die wir auf der Burg gesehen haben.«

»So ist es«, sagte Mop. »Sind sie nicht süß?«

Schon bald waren sie die besten Freunde.

»Wer hätte gedacht, dass dieses Abenteuer so zu Ende gehen würde?«, sagte ich zu Nancy, als die Gespenster und die Lubber gemeinsam nach Hause liefen und verabredeten, sich regelmäßig zu treffen, um **Oooooooh**-Wettbewerbe zu veranstalten.

»Noch ist es nicht zu Ende«, sagte Stoop mürrisch. »Ein Monster ist noch da.«

Edgar der Großartige

Dieses Monster konnte ich nicht aus dem **Unterwelt**-Kapitel von *Monsterjagen für Fortgeschrittene* wiedererkennen, aber das lag vielleicht daran, dass es sein Urlaubsoutfit trug.

Es hatte eine Sonnenbrille, Sandalen, weite Shorts und ein bunt gemustertes Hawaiihemd an. Auf dem Kopf trug es eine Baseballkappe mit einem Plastikpropeller, der sich im Wind drehte. Das Monster hatte sogar einen Koffer in der Hand, an dessen Seite ein Aufkleber mit der Aufschrift **Ich bin dann mal Schreck!** prangte.

Es sah aus, als wäre es … im Urlaub gewesen?

»Wer sind Sie?«, fragte ich vorsichtig, denn bei einem neuen Monster kann man nie wissen. Vielleicht versuchte es, uns in einem FGDS* zu wiegen.

---

* *Einem falschen Gefühl der Sicherheit, für alle, die es vergessen haben.*

»Ich bin Edgar«, sagte das Monster.

»Edgar?«, wiederholte ich, denn das klang nicht nach einem besonders monstertypischen Namen.*

»Ja, Edgar. Mit E.«

»Gibt es noch eine andere Art von Edgar?«, fragte Stoop, aber das Monster erwiderte, es sei leider kein Edgar-Experte und könne es daher nicht mit Sicherheit sagen.

»Wenn ihr mich lieber anders nennen möchtet«, fuhr es fort, »bei mir zu Hause bin ich auch als das **beträchtlich große Biest vom Muckelmoor** bekannt.«

»Es gibt dich also wirklich!«, rief ich aus.

»Als ich das letzte Mal nachgesehen habe, schon«, sagte das **beträchtlich große Biest** verunsichert. »Ich war schon eine Weile nicht mehr hier. Es wird sehr kalt im Moor, wegen des Nebels, daher dachte ich, ich mache mal einen kleinen Ausflug in die **Unterwelt**, weil ich gehört hatte, dass es da so schön warm sein soll. Und das ist es auch. Ich hatte eine tolle Zeit, bis ich Heimweh bekam

---

* *Vermutlich, weil es keiner ist.*

und feststellen musste, dass jemand ein dickes, fettes Kloster über den Eingang gebaut hatte.«

»Ich bitte um Entschuldigung«, sagte Schwester Oberin. »Das war unser Fehler. Zu unserer Verteidigung sei gesagt, dass auch wir nicht wussten, dass es das **beträchtlich große Biest vom Muckelmoor** wirklich gibt, weshalb uns nie in den Sinn gekommen ist, dass du die Tür brauchen könntest.«

»Ich vergebe euch. Ich hätte mich vorab informieren sollen, ob es noch einen anderen Ausgang gibt«, sagte Edgar. »Ihr habt ja keine Ahnung, wie froh ich bin, wieder an der frischen Luft zu sein. Ein **beträchtlich großes Biest** kann nur ein gewisses Maß an Hitze vertragen. Ist das schön, Loch Less wiederzusehen!«

Das Biest nahm die Sonnenbrille ab, um das Wasser besser betrachten zu können.

Da erst merkte ich, dass es drei Augen hatte – eins auf der linken und eins auf der rechten Seite, so wie üblich, und ein zusätzliches Auge in der Mitte.

Ich japste.

Als es die Kappe abnahm, japste ich erneut, weil

zwei Ohren herausfielen, die zu beiden Seiten seines kahlen Kopfes herabhingen wie bei einem Dackel.

»Borborygmus«, sagte ich und wandte mich an die **Seegeschöpfe**, die immer noch dabei waren, ihre Anführerin vom Noggel loszubinden. »Habt ihr zufällig euer Bild **des Großartigen** dabei?«

»Gewiss doch, **widerspenstiger Großartiger**«, sagte die **Gasmächtigste Herrscherin**. »Wir gehen niemals ohne es aus dem Haus. Warum fragst du?«

»Weil ich glaube, dass ich den ECHTEN **Großartigen** gefunden habe«, sagte ich und präsentierte ihr das **beträchtlich große Biest vom Muckelmoor**.

Die **Seegeschöpfe** verglichen das neue Monster mit dem alten Porträt. Es war klar derselbe.

»**Großartiger**, du bist es!«, riefen sie, verneigten sich tief und baten das Biest, mit ihnen in die geheime Unterwasserstadt zu kommen und ihr Anführer zu werden.

»Co-Anführer, besser gesagt«, stellte Borborygmus klar. »Ich habe gemerkt, dass es mir gefällt, die **Gasmächtigste Herrscherin** zu sein, aber ich bin bereit, die Macht zu teilen. Wir können an abwechselnden Tagen regieren und Sonntags nehmen wir frei. Was sagst du dazu?«

»Von mir aus gerne«, sagte Edgar.

Er nahm seinen Koffer und wurde davongeführt, um ein neues Leben zu beginnen, sobald er mit einem Taucheranzug von beträchtlicher Größe ausgestattet worden wäre.

Ich grinste. Endlich konnten alle wieder dorthin zurückkehren, wohin sie gehörten, nicht zuletzt der Noggel, der friedlich in Loch Less leben konnte, ohne ein Zaumzeug tragen oder etwas bauen zu müssen, es sei denn, er wollte es.

Schwester Oberin, Schwester Esther und Rochester besprachen eifrig ihre Pläne, ein neues Kloster über dem Eingang zur **Unterwelt** zu errichten, um die Monster, die dort unten ihr Unwesen trieben, in Zukunft von der Flucht abzuhalten.*

Es gab nur noch eins, was wir tun mussten, bevor dieses Abenteuer vorbei war.

---

* *Rochester bot an, bis das Kloster fertiggestellt sei, könnten sie alle auf ihrem Boot leben.*

Nachhol-bedarf

»Stoop, mein Junge!«, rief Crabbit, als er auf unser Klopfen an die Tür trat und seinen verloren geglaubten Sohn zum ersten Mal seit zweihundert Jahren auf der Schwelle stehen sah. »Wie ist es dir ergangen?«

»Ich kann nicht klagen*«, sagte Stoop. »Hatte viel um die Ohren, weißt du.«

»Und du hast deine Sache gut gemacht«, sagte Crabbit, führte Stoop ins Haus und bestand darauf, dass er sich in den bequemen Sessel am Feuer setzte. »Ich habe jeden Artikel über dich in der Monsterjägerzeitung gelesen. Ich lasse sie mir jede Woche liefern, um zu sehen, was du so treibst. Ich habe alle Ausschnitte aufbewahrt.«

»Du bist nicht mehr sauer, weil ich Monsterjäger geworden bin?«, fragte Stoop erstaunt.

---

* In Wahrheit tat er nichts anderes.

»Ich hatte nie etwas dagegen, dass du Monster jagst«, sagte Crabbit. »Ich wollte nur, dass du wartest, bis du ein bisschen älter bist, bevor du dich auf eigene Faust in die Welt wagst. Du warst erst sieben Jahre alt. Ein Vater hat die Pflicht, sein Kind zu beschützen, und du warst damals noch so klein. Aber nun sieh mal, wie groß du geworden bist. Du bist ja riesig!«

Stoop errötete. »Findest du?«

»Du bist größer als Onkel Karnaptius, und der ist praktisch ein Riese.«

Stoop errötete noch tiefer.

War das Tränenflüssigkeit in seinen Augen?

Nancy und ich schauten weg, um ihn nicht in Verlegenheit zu bringen, und betrachteten stattdessen die vielen Bilder von Stoop an den Wänden.

Es gab eines, auf dem er als Baby in seinem Bettchen lag, mit einem Fläschchen und einem flauschigen Monsterspielzeug in der Hand, aber schon genau so aussah wie jetzt, mit roter Nase und Bart. Ein anderes zeigte ihn an seinem ersten* Schultag.

* *Und einzigen.*

Er trug eine ausgebeulte Uniform und eine Mütze und blickte finster in die Kamera, weil man ihn gebeten hatte zu lächeln.*

Kein Wunder, dass ihn alle nach zweihundert Jahren wiedererkannt hatten.

Er hatte sich kein bisschen verändert.

Es war komisch** zu sehen, dass der mürrische Monsterjäger, der mich als seinen Lehrling aufgenommen hatte, einst so jung gewesen war wie wir und von Abenteuern geträumt hatte, ohne zu wissen, ob er sie je finden würde.

Noch komischer*** war es, ihn jetzt zu sehen, wie er schüchtern in dem Sessel saß, die Beine ausstreckte, seinen Tee trank und sich mit Muffins vollstopfte, die mit Puderzucker bestreut waren.****

Crabbit hatte sie jedes Jahr zu Stoops Geburtstag gebacken, falls er zu Besuch käme.

»Nancy und ich wussten gar nicht, dass Sie heute Geburtstag haben, Stoop«, sagte ich.

»Ich auch nicht«, sagte Stoop.

---

* Wie das möglich war, Jahre bevor die erste Kamera erfunden wurde, sollten wir nie erfahren.
** Im Sinne von merkwürdig, nicht im Sinne von Haha.
*** Im Sinne von Haha, nicht im Sinne von merkwürdig.
**** Seine Lieblingsleckerei seit Kindertagen.

»Dann werden wir heute Abend die verlorene Zeit nachholen«, sagte Crabbit und ging in die Küche, um weitere Muffins zu backen, denn er hatte nur noch drei Dutzend übrig, und die würden höchstens noch für drei weitere Kannen Tee reichen.

»Heißt das, wir schulden Ihnen zweihundert Geschenke für alle, die Sie verpasst haben?«, fragte ich.

»Ich bin ja nicht maßlos«, sagte Stoop. »Ich begnüge mich mit einhundertneunundneunzig. Und ich habe sogar ein Geschenk für dich, Nancy.«

»Für mich?«, fragte Nancy erstaunt, denn Stoop hatte ihr noch nie etwas geschenkt, abgesehen von einem schmerzenden Handgelenk, weil sie ihn so oft beim Armdrücken besiegt hatte.

Stoop griff in seine Tasche und holte ein Exemplar von *Monsterjagen für Fortgeschrittene* heraus, das extra für sie bestimmt war. Allerdings hieß es anders.

Als sie es entgegennahm, änderte sich der Titel auf der Vorderseite in *Monsterjagen für schlaue und kühne Mädchen namens Nancy.**

* *Kühn bedeutet »furchtlos und abenteuerlustig« und trifft genau auf Nancy zu.*

»Haben Sie nicht gesagt, ich wäre keine richtige Monsterjägeranwärterin?«, fragte sie.

»Du hast mir das Gegenteil bewiesen«, sagte Stoop. »Jack und ich wären diesen Nonnen wehrlos ausgeliefert gewesen, wenn du uns nicht zu Hilfe gekommen wärst.«

Er versuchte gerade unbeholfen, Nancys Umarmung abzuwehren, als Crabbit aus der Küche kam und sich beklagte, dass er einen größeren Ofen brauche. Es passten gerade mal dreizehn Muffinbleche hinein.

Es war wirklich bemerkenswert, wie sehr er seinem Sohn ähnelte, nur dass Crabbits Nase noch etwas röter war und sein Bart noch etwas struppiger.

Erst als ich seinen Mantel an einem Haken hinter der Tür hängen sah, wurde mir etwas klar.

»Sie waren das«, sagte ich, »Sie haben in unserer ersten Nacht im Regen vorm Gasthaus zur häuslichen Schmugglerin gestanden.«

»Schuldig im Sinne der Anklage«, sagte Crabbit. »Ich hatte gehört, dass Stoop endlich wieder in der Stadt war. In einem Ort wie Muckel spricht sich so

was schnell herum. Ich wollte schon einen Stein ans Fenster werfen, um ihn zu wecken, als ich ein Gesicht herausschauen sah und **den Mut verlor**. Es war ja so lange her.«

»Hatfield war also doch nicht der einzige Kapuzenträger in Muckel«, stellte Nancy fest. »Das kam mir auch unwahrscheinlich vor, bei all dem Regen hier.«

»Hatfield?«, sagte Crabbit. »Ist das der mit den Ellbogen wie Kleiderbügel? Den habe ich vorhin gesehen, als er den Bus in die nächste Stadt nahm. So schnell kommt der nicht wieder. Könnt ihr euch vorstellen, dass er vor ein paar Wochen hierherkam und allen Ernstes fragte, ob er Stoops Zimmer mieten dürfe? Er hat mir sogar den doppelten Preis angeboten. Ich sagte ihm, er solle verschwinden. Ich habe immer gewusst, dass Stoop eines Tages zurückkommen würde.«

»Er war also gar nicht wegen eines bösartigen Rothütchens im Keller hier?«, fragte Stoop.

»Hat er das gesagt?«, sagte Crabbit. »Ach was, das war doch nur Rochesters Rotkehlchen.«

Er deutete zu dem Käfig auf der Anrichte. Ein winziger Vogel saß darin und plusterte sein Gefieder.

»Hatfield hat ihn eines Tages durchs offene Fenster piepsen gehört und wollte mir weismachen, dass es sich um den **klassischen Balzruf** eines wütenden Rothütchens handelte. Aber es braucht schon mehr als das, um den Vater eines großen Monsterjägers zu täuschen!«

Stoop strahlte übers ganze Gesicht und teilte Nancy und mir mit, dass er noch ein paar Tage in Muckel bleiben werde. Er hatte einiges **nachzuholen**.*

»Was ist mit euch beiden?«, erkundigte sich Crabbit. »Ich habe oben genug freie Zimmer, wenn ihr auch bleiben wollt.«

»Wir können leider nicht«, sagte ich. »Wir müssen am Montag wieder in die Schule.«

Stoops Vater stutzte.

»Wieder? Wollt ihr etwa noch mal dorthin?«

»Du verschwendest deine Zeit, Dad«, sagte Stoop. »Ich habe sie unzählige Male vor der Gefahr

---

* *Und jede Menge Muffins zu vertilgen.*

von **zu viel Bildung** gewarnt, aber sie bestehen trotzdem darauf, jeden Tag hinzugehen.«

Die beiden schüttelten immer noch ungläubig die Köpfe, als Nancy und ich uns kurz darauf auf den Heimweg machten.

Wieder zu Hause

Dad eilte uns freudig entgegen, als wir fachmännisch im Garten landeten, und war gespannt auf unsere Neuigkeiten.

Ich konnte es kaum erwarten, ihm zu erzählen, dass Nancy jetzt auch eine offizielle Monsterjägerin war und dass wir es gemeinsam geschafft hatten, **DAS ENDE DER WELT, WIE WIR SIE KENNEN** zu verhindern.

Das macht man schließlich nicht alle Tage.

»Ihr könnt mich auf den neuesten Stand bringen, während wir zur Feier des Tages einen Teller Eintopf essen«, sagte er. »Glücklicherweise konnte ich das meiste von den Wänden kratzen, nachdem ihr weg wart. Schmeckt gar nicht so übel, wenn man die Farbsplitter herauspickt.«

Und dafür hatten wir dreizehn Bleche Muffins ausgeschlagen!

»Ich bin wirklich froh, dass die Welt nicht unter-
gegangen ist«, sagte ich zu Nancy, als wir wieder
in unseren normalen Kleidern im Garten saßen,
Chips aßen und Orangensaft tranken, um den Geschmack des Eintopfs loszuwerden, und gemeinsam einen neuen Eintrag über Noggel in Nancys
Exemplar von *Monsterjagen für Fortgeschrittene* ver-
fassten. »Aber wenn man es recht bedenkt, passiert
das doch eigentlich sowieso nie, oder? Alle regen
sich immer über irgendeine **bevorstehende
Katastrophe** auf, aber meistens geht alles gut aus.
Sogar diese blöden Schwestern des Perpetuellen
Elends haben am Ende noch die Kurve gekriegt.«

Ich hielt inne.

»Hast du das gehört?«, rief ich. »Ich habe ihren
Namen richtig ausgesprochen!«

Nancy gab keine Antwort.

»Nancy, hörst du mir überhaupt zu?«

Nancy hörte mir nicht zu. Sie starrte ins Leere,
und ihr Gesicht spiegelte den Ausdruck **urplötz-
licher Erkenntnis**. Nach langem Schweigen
drehte sie sich zu mir um und zog die Nase kraus.

Sie wollte mir nicht sagen, woran sie dachte,

aber ich wusste es auch so. Sie hatte sich daran erinnert, wie es nach der Explosion in Schwester Obendrübers Zimmer gerochen hatte.

Ich wurde noch röter als Stoops Nase.

Ich hätte gerne gesagt: »Versuch du mal, stundenlang in einem Zimmer eingesperrt zu sein, nur mit einem Nachttopf **für Notfälle**!«

Ich hatte ja nicht ahnen können, dass dessen Inhalt bei der Explosion des Dynamits an alle Wände spritzen würde.

Aber ich sagte kein Wort. Manche Erinnerungen sind selbst für angehende Monsterjäger zu entsetzlich.

ENDE

Kommandozentrale
Schrottplatz!

Ketchup
statt Hundefutter!

Von Ian Mark ist bei dtv außerdem lieferbar:

Monsterjagen für Anfänger (Band 1)